/ 周莲莲·著

古镜新磨

把生活过成诗

◎ 用诗词细吟时光

◎ 在古与今的链接中

◎ 寻觅生活的灵心与美境

上海三联书店

致热爱古典诗词的朋友

愿你我心中有梦，眼里有诗

目　录

卷二　真味久愈在

卷三　道艺喜时闻

卷五　四时周变易

卷六　闲园养幽姿

古镜新磨：把生活过成诗

卷七　欢笑情如旧

序

古诗词对于许多人来说，要么是印在儿时课本里的标准读物，要么是藏在古人典籍中的艰涩篇章，总之是一种静态的、充满距离感的存在。

而对于本书的作者周莲莲来说，不是这样的。

早在 20 余年前，在复旦大学 BBS "日月光华站"上有一个"古典诗词"版，并不静态，也甚少距离感。那里汇聚了一批文采斐然而又思维灵动的学友，本校生与外校生兼而有之，文科生和理科生彼此唱和。赏景、怀乡、恋爱心情固然能拿来低吟浅唱，烧菜、实习、高数求导之类竟也可以赋诗填词，一派不拘一格的活力景象。而周莲莲就是这个板块里一位活跃的写手。彼时，我和她作为中文系本科的同窗兼好友，业余时间常以去此版"潜水"或"灌水"为乐事，在文字的挥洒间见证了彼此的成长，也在与其他诗友的互动中加深了相互了解，结下绵延一生的友谊……当然，也少不了屏前屏后对旧体诗今写的内容技法探讨，还留下了一些在今天看来略显粗糙但颇有几分新意的实践总结。

所以，当看到她在毕业多年之后，写出了这样一本原创诗词集的那一刻，我忽然重新触摸到了那份对古典文化的钟情与对鲜活表达的执着。

这里有"古"的雅逸。古人用诗词咏物记事，贯通学识与生活，本身就是一种高度。作者将这份古雅高逸的情怀融入了自己的笔端，这本诗词集也由此包含着一种默默的不着于迹的传承。

这里有"镜"的精美。诗词是有着严格形式规制的语言艺术，如镜之光洁细密，不容粗糙。中文专业出身的作者多年来或师从、或自研，对于诗词整体的章法、语言的节奏都颇有心得，书中始终贯以语言的精研之美，凝练耐读。

这里有"新"的情致。记得当年在复旦大学BBS，为了旧体诗能否容纳现代人的生活和情感还发生过规模颇大的"论战"，而作者与我都认为，现代生活与情感的注入是旧体诗在当今继续成长、焕发生命力的必要条件。于是在当时，读一本译作、炒一碗姜醋蛋都是我们练笔的好题材；如今，本书更是将作者最新的生活情致尽情描摹，于我心有戚戚焉！

这里有"磨"的匠心。将今人今事写成诗词，门槛甚高。一不小心或为格律所限，削足适履；或遣词过于散漫，失去韵味。在这方面不得不佩服作者，切磋琢磨下足功夫，一句一阕都在古韵与今相中推敲妥帖，全书读来典雅而灵动，一些构思与用词之巧，让人会心一笑，抚掌称妙！

此书的问世，是对旧体诗现代写作的高质量探索，也是旧体诗写作爱好者们的一个新坐标。虽然为之心情雀跃，但我还是忍住了不在这篇小序中"剧透"书中更多的精彩之处——请翻开接下来的书页吧，你将在古与今的链接中找到生活的灵心与美境……

常煜华

自序：古镜新磨

古镜朦胧减旧清，一朝磨洗倍晶莹。

云开夜月秋毫见，雨过菱花色相明。

阅世兴亡疑有眼，辨人好丑总无声。

玉台妆罢时时拂，莫使浮尘又暗生。

—— ［清］吴若华《新磨古镜》

古镜新磨，这里是个比喻，指旧体诗的现代写作。诗词犹如一枚工艺精美的古镜，虽然其造型纹饰来自前朝古代，但是其鉴形照影的作用却不限古今，在一定程度上起到博古通今、察远照迩的效

1

果。诗词是精美的语言艺术，古人用以记咏事物、表情达意、唱和酬答，把生活过成了诗，古诗词里面有灵魂有温度。我们现代人如果用好古典诗词，触物兴怀，情来神会，同样可以把日子过得诗情画意。从这个意义上说，旧体诗的写作不宜与现代生活产生太大的距离感，要接地气，以免令人望而生畏；但同时我们也不应该减少文字琢磨、艺术提炼的功夫，因为缺乏必要的节奏感和韵律感就不成其为诗词。

惟有爱诗心未歇

我自幼喜欢诗词。学龄前我开始在大人的教授下背古诗，完全是在鹦鹉学舌。小学里，学校给学生们订阅的《少年报》上经常会刊登一些童诗，我看多了以后也学着写，特别是在老师布置的小报上，我经常涂点自由体的原创诗。但我极少写古诗，如今只记得一句"孔明用兵真如神"。

大学里，我喜欢自由诗的劲头明显盖过了古典诗词，把外国诗歌陆陆续续抄录了两大本笔记，偶尔也会亲自涂几首。在诗歌方面令我印象深刻的大学老师，有一位是教现代诗歌的李振声，说起话来沉稳而恬淡，他为我们讲冯至的诗"我的寂寞是一条长蛇，静静地没有言语"，讲庞德的诗"在地铁车站，这几张脸在人群中幻景般闪现；湿漉漉的黑树枝上花瓣点点"，这几个句子皆有一种惊悚奇异之美，令我历久难忘。还有一位是教古典文学的胡中行，他声音洪亮直达耳际，令人听得清楚明白。他为我们讲王昌龄的闺怨诗"闺中少妇不知愁，春日凝妆上翠楼。忽见陌头杨柳色，悔教夫婿觅封侯"，讲格律诗的基本规则"入派三声""一三五不论，二四六分明""律诗结尾忌三平调"，为我学习古典诗词打下了最初的底子。他是深谙诗词研究理论又有丰厚创作实践的行家里手。后来复旦 BBS 蓬勃兴盛，我在古典诗词版与诗友们吟诗作对，玩得不亦乐乎。

踏上社会以后，书是我自学诗词的绝好领路人。功不可没的启蒙老师当属叶嘉莹，她带我充分领略了古典诗词的妙处。她注重文化语码的传承关系，巧用西方文论来解释古典诗词，注重"要眇宜修"的含蓄美和多义共存的朦胧美。《迦陵讲演集》是她上古典诗词课的系列讲义，条分缕析，咬文嚼字，深入浅出，对每一句均有落到实处的讲解，可见其治学之严谨。施蛰存写的《唐诗百话》，行文冷峻、严谨又犀利，他善于指出古诗的不妥之处，让人领悟学海无涯、精益求精的真谛。他从分析具体一首诗的"起承转合"入手，讲究诗词整体的章法和结构，注重诗的气脉节奏和情感流动。我在大学时只读过他的新感觉派小说，竟不知道他对古典诗词也有如此深厚的造诣。有了这点底子，我终于有勇气翻一翻夏承焘、龙榆生、唐圭璋等大家的书，写诗的兴趣也日益浓厚。

《人间词话》里有这样一句："昔人论诗词，有景语、情语之别，不知一切景语，皆情语也。"我以为王国维此言深得诗词精髓。诗词是记录生活的趁手工具，茶余饭后动个笔，不求每诗皆好，但求不负光阴。

吐故纳新路漫漫

在文明高度发达的现代，应该如何体现古典诗词的价值，这是一个需要思考的问题。诗词所传达的是人类情感的共同经验，让人汲取经验和智慧，从而获得精神力量。因此，诗词不应被束之高阁，只有"学以致用"才能发挥其应有的价值，其中"学"是继承，"用"是发展。

从语境来看，唐诗宋词都是在一定的时空里诞生的，有一套固定的语言体系。然而古典语境现已消失，古汉语也无法与白话文径直对接，为诗词写作增加了难度。如果我们继续写作诗词，就只能依赖阅读古籍来获取有限的语感，难以达到挥洒自如的境界；如果我们只看不写，仅仅把诗词放在博物馆里鉴赏，不让其在新环境继续生长，最终它们也会失去活跃的生命力。

从词汇来看，古典词汇的灵活运用，常常营造出典雅醇厚的意境，但若停滞于此，那就落入俗套，令人产生审美疲劳。现代词汇的适当注入，可以丰富诗词的美感，创造出符合时代的诗意。但是旧体诗在格律方面的严格要求，又在一定程度上妨碍了现代词汇特别是三字以上现代词汇的有效进入。

从古诗与新诗比较来看，旧体诗一直饱受格式僵化、限制思维之讥，其写作往往显得削足适履、吃力不讨好。自由诗则常被诟病为毫无结构和节奏、情绪散漫直露，其写作存在散文化倾向。两者如何扬长避短，这是一个令人头疼的问题。

可见，旧体诗的写作始终处于两难困境中：要带有古文的历史感，这需要旧学根脉；要连接汉语的现实感，这需要新学功底。旧体诗的推陈出新之路虽然如此困难重重，然而写作者依然层出不穷、乐此不疲，这本身就说明了旧体诗有一种经久不衰的独特魅力。

在本书中，我做了一个大胆的尝试，即在每首诗词后面加了一段随兴而发的小文，或叙创作背景，或为诗境浅谈，不一而足。因我看过唐代孟启《本事诗》、清代叶申芗《本事词》以后，感觉到将诗词放回原来情境中、并讲述其来龙去脉的故事，可能会给人以更深的印象。小诗已自成一格，复有赘言，不免有画蛇添足之嫌。这种实验性的探索不知能否得到良好反馈，我心里颇有几分惴惴。

道器兼修费思量

关于古典诗词的研习，仅凭多读和多背，还不能成为真正的行家；只有动手写诗，才能得到全方位的提高。明杨慎说："词虽一小技，然非胸中有万卷，下笔无一尘，亦不能臻其妙也。"边学边写是个好方法，这一点也可借鉴当代词学家唐圭璋的经验之谈。他说：

不管是欣赏还是研究宋词，要想达到较高的水平，最好自己也能动手作词。学游泳只在岸上背诵游泳守则是不够的，必须投身水中进行实践，才有可能真正得其三昧。学词与作词的关系应该也是这样。试看过去从事词学研究的学者专家，有哪一位没有过词的创作实践呢？事实上其中有不少人本身就同时是填词的名家高手，所以才能谈出许多鞭辟入里的见解。学词而绝不作词，要想不说外行话，是很难的。

《周易·系辞》有言："形而上者谓之道，形而下者谓之器。""器"可视为是诗词的形式和技巧，

"道"可指作者的才情、学识、襟怀等，旧体诗的写作需要器道兼修，方能神形俱备。格律即是"器"的一面，旧体诗对此有诸多讲究，写作者需要厚积方可薄发。

声分平仄，平时就要积累同义异声词。古汉语的字音有四个声调：平、上、去、入。四声分为平声和仄声两大类，后来平声分为阴平、阳平，上、去、入统归仄声。想造成声调上的抑扬顿挫，就要根据诗中的需要交替使用平声和仄声。

字讲押韵，平时就要熟悉各种诗词的押韵方法。平近体诗押平声韵，词的押韵要看词牌。古体诗是半自由体，不论平仄，只要押个尾韵即成，既可一韵到底，也可中间换韵。押平声韵的诗词读起来温和婉约，押仄韵的诗词读起来慷慨激昂。因为语言在历史长河中是不断发展的，所以我认为韵字可以按现代汉语的读音做适当变通；将古代韵书作为参考也是没问题的，但不必吹毛求疵，大才如东坡，亦是"横放杰出，自是曲子中缚不住者"。

句讲对仗，平时就要收集两相对应的词汇。对仗类型一般有工对、宽对、流水对、隔句对、当句对、借对等。在格律诗的一般格式中，颔联和颈联必须对仗；还有一些变格如偷春格、藏春格、蜂腰格等，则是移动或增减了对仗句在诗中的位置。

除了积累同声、同韵、同义的词汇之外，旧体诗的写作还须讲究炼字、结构、意境，注意起承转合、风骨兴象。有个经典说法"写诗就是带着镣铐跳舞"，既要合乎诗意又要合乎格律，那就非在遣词造句方面下一番苦功不可，以达到"从心所欲不愈矩"的境界。"吟安一个字，捻断数茎须"，我们可以从亲身经验中体会到古人做诗的不易。

凭着对古诗词浅薄的理解，以及闲暇之余的胡乱琢磨，不知不觉竟也积下了这么些记录生活的蝇头之作，如今将之付梓，更是不免贻笑大方。愿诸位谅我对诗词的热爱之心，随意翻翻罢了。

于幽微处觅诗行

写诗是一个神奇之旅。因为要动手写诗，你的心灵就会像大树一样，长出很多好奇的枝杈，去寻找更多感兴趣的书来看。花草树木、飞禽走兽、花鸟虫鱼、簪钗钿篦、饮食器皿、民俗文物等，都将走入你的视野，因为它们有助于你读懂一首诗。还有作者的家庭出身、仕宦生涯、用词习惯、思想倾向、社会环境等，又要你花时间去仔细研究。这个过程就像投一颗石子以后，在湖面泛起的一圈圈涟漪，认知范围在不断地扩大。

叶嘉莹说："凡是最好的诗人，都不是用文字写诗，而是用整个生命去写诗。成就一首好诗，需要真切的生命体验，甚至不避讳内心的软弱与失意。"古代诗人不管大事小情都爱做个诗，甚至连搓个澡都能写出禅意。因此，我们也无须拘泥于传统意象，不必每首苛求完美，"题诗风月俱新"，尽可放宽视野、挖掘素材。此无捷径可言，唯有勤读书、多动笔，才会增加写出好诗的机率。

> 顷岁，孙莘老识欧阳文忠公，尝乘间以文字问之。云："无他术，唯勤读书而多为之，自工。世人患作文字少，又懒读书，每一篇出，即求过人，如此少有至者。疵病不必待人指摘，多作自能见之。"此公以其尝试者告人，故尤有味。

> ——《东坡志林》

写到这里，我想起小时候经常在大人的书架上乱翻，无意间翻到一本旧体诗词集，当时据外公说这是他一个极有才华的表姐写的。至今仍然记得，那本书很薄，但是上面的诗词排得密密麻麻，书后还附有一张勘误表。虽然连这位表姑婆的照片都没见过，但这本诗集还是给我幼小的心灵留下了深刻印象。倘若有心，来自家族里一点微渺的文化火苗，也会在冥冥中成为你勉励自己的一股精神力量。

2023 年于沪上清水园

卷一　草木有本心

稍有空闲，我就喜欢到户外走走，寻觅草木之趣。草木次第开谢、深浅敷荣，演绎着自然的吐故纳新，也柔化着周围过于硬朗的线条，更使我们感受到春生夏长、秋收冬藏，那一种天地万物循环往复的秩序感。植松听风，养荷听雨，种竹映月，栽柳映霞，草木以其一贯如斯的淡泊平和，给人间带来意味幽远的境界，虽然不言不语，却叫人顿忘尘嚣。

玉盏盛来日月光

少年游

　　东风传信郁金香，傍道舞霓裳。白袍旖旎，红衫绮丽，朵朵裹清妆。

　　夜来如盏邀明月，昼起贮阳光。忽念暌违，当思聚首，新酿倒杯尝。

　　三月东风来，静安寺南京西路两边的花坛里栽上了一大片新植物，居然是昂贵的郁金香，低调诠释了这块风水宝地的金粉风格。纯白，朱红，粉红，紫红，各色花朵犹如亭亭玉立、裹袍善舞的雅致美人，看了不免令人心神荡漾。长圆筒形的花朵又如一个个盛满日光的酒盅，一路热烈地摆开宴席。眼前这光景，忽然让我思念起久违的朋友们，盼望能与他们推杯换盏、叙旧言欢。

　　"郁金香"是明代才传入中国的，是一种百合科草本植物，在我国古文献中被称为"番红花"。我们都误解了李白《客中作》"兰陵美酒郁金香"、

3

沈佺期《古意呈乔补阙知之》"卢家少妇郁金堂"、白居易《重阳席上赋白菊》"满园花菊郁金黄"、李商隐《牡丹》"折腰争舞郁金裙"写到的郁金香，其实它们都是指一种郁金酒散发出来的香味，并不是我们现在所说的百合科郁金香。"郁金"是一种姜科草本植物，可食用的部分是黄色根状茎，叫做"郁金根"，又叫"姜黄"。郁金根，即姜黄，是生产咖喱的主要原料，还可用于泡酒、染色、入药、制香料等。

花眸点点蓝

蓝目菊（五绝）

疑是撷天色，
花眸点点蓝。
红橙黄白紫，
明艳照花坛。

在花坛里看到许多娇俏可爱的小菊花，粉白、浅黄、朱红、紫红，花瓣开得满满当当，像一个个小太阳，闪耀着明媚的笑脸。我查了查识花软件，发现它们居然有个可爱无比的名字"蓝目菊"，别名非洲雏菊，原产南非。不管蓝目菊花瓣的颜色是如何丰富，但其花盘都是蓝紫色的，像一颗一颗的蓝眼睛，又像戴着美瞳似的隐形眼镜，幽幽地闪着蓝光。蓝天给了它们蓝色的眼睛，它们一闪一闪，却依然沉默不语。

木末芙蓉紫玉香

捣练子

平昼暖，晚来凉，木末芙蓉紫玉香。
灯暗月明犹未寐，小娃和枕梦酣长。

今天温差很大，早晨像初夏，傍晚像深秋。
枝头的紫玉兰已经大朵大朵地绽放，一树一树繁
华如诗。我填这首小令时，小娃已经抱着枕头酣
然入梦。他晚上也总不肯早睡，可能在他看来，
玩比睡要有意思得多。慢慢长大才能体会到，在
工作和学习之余，能早点美美地睡上一觉，是多
么舒服的享受。人们总是在不断地丧失、无奈和
妥协中，体验到关于生命和生活的些微真相。

紫玉兰，又名木笔，缘其花苞状如毛笔。其
实它还有个更文艺的名字"辛夷"，因其是中国特
有植物，所以在古诗里的出镜率很高。辛夷花的
酷爱者非唐诗人王维莫属。他在辋川别业中有一
处"辛夷坞"，以栽满辛夷为名，他与挚友裴迪在

此游乐间各写过一首五绝。王维《辛夷坞》："木末芙蓉花，山中发红萼。涧户寂无人，纷纷开且落。"裴迪《辛夷坞》："绿堤春草合，王孙自流玩。况有辛夷花，色与芙蓉乱。"他俩之间有个默契，认为辛夷花的姿色堪与芙蓉花媲美，只不过一个生于木末，一个长于水中。

写辛夷的诗，还有后蜀欧阳炯《辛夷》："含锋新吐嫩红芽，势欲书空映早霞。应是玉皇曾掷笔，落来地上长成花。"唐吴融《木笔花》："嫩如新竹管初齐，粉腻红轻样可携。谁与诗人偎槛看，好于笺墨并分题。"明陈继儒《辛夷》："春雨湿窗纱，辛夷弄影斜。曾窥江梦彩，笔笔忽生花。"明代张新《木笔花》："梦中曾见笔生花，锦字还将气象夸。谁信花中原有笔？毫端方欲吐春霞。"

清吴其浚在《植物名实图考长编》里，将紫玉兰和白玉兰做了比较："余观木笔、迎春，自是两种：木笔色紫，迎春色白；木笔丛生，二月方开，迎春树高，立春已开。然则辛夷乃此花耳，其言如此，洗然有悟。今之玉兰，即宋之迎春也。"原来白玉兰在宋朝被称为迎春，因为它开花的时间早于紫玉兰。

郁金香的珍珠花钿妆

酒泉子

清雨洗颜，花钿珍珠妆就。点额心，贴鬓后，缀眉间。

素风香汗透纱纨，娇软动人姿韵。贝壳黄，荷瓣粉，蜜桃鲜。

雨过天晴之后，郁金香的叶子和花瓣缀满了晶莹剔透的小水珠。这真是难得一遇的奇景。花的额心、鬓角和脸颊就像贴上了一颗颗清秀温润的珍珠，令人联想到在宋代后妃中一度流行的"珍珠花钿妆"。珍珠在当时还是珍奇饰物，所以这一妆容看似淡雅质朴，展现的却是一种低调的奢华美。眼前这一丛丛郁金香，黄花如贝壳，粉花如荷瓣，红花如蜜桃，恍若精致优雅的各色美人，香汗淋漓，轻透纨素，万种风情落在眼眸里，令人惊艳不已。

☆酒泉子词牌，上下两阕字数不同，其押韵也有特殊之处，属于平仄韵错叶格。

人生底事累如梭

看桑（七律）

人生底事累如梭，砥砺如刀日日磨。
忽见满枝青葚果，悔辜春色又一箩。
当得茶酒晨昏饮，再唱耕读晴雨歌。
莫待桑榆嗟景晚，须当年少赋诗多。

四月，正是桑树繁茂的时节。"桑"在字形上很有特色，上半部分"叒"，在甲骨文里像桑叶重叠的形状，在小篆里像许多手在摘桑叶，因为古代的"又"字表示手的意思。东汉许慎《说文解字·叒部》："桑，蚕所食叶木也。"

桑原产于中国，是一种颇为实用的树，植桑养蚕是古代传统的重要农事。古诗有李白《春思》"燕草如碧丝，秦桑低绿枝"，还有孟浩然《过故人庄》"开轩面场圃，把酒话桑麻"，陶渊明在写《桃花源记》的时候，也没忘记把桑写进去，"土地平旷，屋舍俨然，有良田美池桑竹之属"。

卷一 草木有本心

9

桑这种植物，很能勾起人们对时间流逝的无限感慨，"桑榆"喻指日暮和晚年，刘禹锡有"莫道桑榆晚，为霞尚满天"之句，《后汉书》还有"失之东隅，收之桑榆"之说。眼前又一年的阳光泼天盖地照着满枝青果，不禁令人感慨在忙忙碌碌的劳作中，不小心又辜负了一派大好春色。"若待皆无事，应难更有花"，人生苦短，韶光易逝，花开堪折直须折，诗酒趁年华。

☆藏春格，其特点是首联、颔联不对仗，颈联、尾联对仗。

绣绿毡的波斯蓝

波斯婆婆纳（七律）

淡淡新妆挽髻鬟，波斯蓝晕染眉间。

分烛雅蕊盟鸳誓，对瓣秋波醉萼仙。

细密珠花羞便落，憨萌米果触轻弹。

春来遍地频翘首，绮丽繁星绣绿毡。

波斯婆婆纳，其花名一看就知道是外来植物。虽然这名字有点显老，但开出的花却是十足的小可爱。我小时候经常看到这些野生的小蓝花热烈开放，像繁星一样密密地点缀草地。波斯婆婆纳的四片蓝色花瓣嵌着深色条纹，两根长花蕊犹如一对新妆鸳侣，含情脉脉地对视，惹起人们的浪漫遐思。它不是一种植物染料，却令人想起"波斯蓝"这个波斯人曾经广泛用于颜料、陶瓷釉料和纺织染料的重要色调。阿拉伯婆婆纳原产西亚，约20世纪才传入中国，它只有一种蓝紫色。

在此之前，我国古书上多次提到的，其实是

一种叫婆婆纳的植物，花朵更小，有淡紫、蓝、粉、白多种颜色，还可用于救荒食用。明朱橚《救荒本草》："生田野中，苗搨地生，叶最小，如小面花靥儿，状类初生菊花芽叶，又团边、微花，如云头样，味甜。救饥采苗叶，煠熟，水浸淘净，油盐调食。"明王磐《野菜谱》："破破衲，腊月便生，正二月采，熟食三月，老不堪食。破破衲，不堪补；寒且饥，聊作脯；饱煖时，不忘汝。"

怒放的冷艳女神

唐多令·昙花

奇域绰约姿，含羞嫩萼垂。昼幽眠、深闭兰闱。暗袅雪丝千万缕，明月夜，冷香飞。

俄顷落芳菲，素芬弥四围。费心栽、三载为期。休叹容华留不住，恣欢谑，趁开时。

大学同学木旦在家里种植三年有余的昙花，昨夜忽然盛开。我看到后，惊其世间所罕见的素洁雅致，怜其生命怒放时的澎湃激昂。形容美好转瞬即逝的成语"昙花一现"，最早见于佛经《妙法莲华经》"如优昙钵花，时一现耳"。其实佛经里所指的优昙钵花，是一种无花果类植物，并非今天我们所熟悉的仙人掌科植物昙花。

昙花原产美洲热带沙漠，夜晚数小时短暂

13

开花，可以避开日光曝晒，减少水分流失。它是沙漠里的一位冷艳女神，素色花朵令人有清凉之感，好比大热天里的一道冰雪点心。这么美又这么酷的昙花，直到 17 世纪才传入中国，不然凭它这么清奇的容颜，再加上这么特殊的开花习性，又不知会惹出多少古代诗人的奇思妙作。

柔韧如绳的绊根草

绊根草（五古）

青青绊根草，暖暖铺地袄。

匍匐蟠紫茎，柔韧如绳缟。

寸节生新须，纤叶耐阴燥。

相顾不相识，只谓颜色好。

　　绊根草，这种不大起眼的小草，在崇明的路边田间随处可见。看似柔嫩，实则坚韧，我们崇明人通常叫它"马绊草"。我费了点劲，才知道它的学名叫狗牙根，别名爬根草、铁线草、堑头草、百慕大草等。清吴其濬《植物名实图考》："绊根草，平野、水泽皆有，俚医谓之堑头草，扁者白根，有须者、味甜者可用；圆者生水边，味淡者不可用。治跌打损伤破皮止血。寸节生根。"

　　狗牙根这个名字，顾名思义地揣测，要么人们觉得这草的样子长得像狗牙，要么"贱名好养活"，人们想说这种草的生命力顽强。狗牙根草确

15

实很厉害，耐旱耐湿，耐寒耐热，耐踩踏，耐修剪。它的匍匐茎紧紧趴在地上，不会被轻易扯起，茎节上又会不断长出新根，繁殖能力极强，因此人们把它用作绿化草坪的优质草种。

娇声软语若鹂莺

瓶花记（七古）

我欲室内添生趣，一日兴起瓶花情。
挨挨挤挤并肩立，娇声软语若鹂莺。
花始怨我懒换水，亦复嫌我未修茎。
尽日不给好颜色，白我数眼速凋倾。
再去问花花不语，叶萎枝烂芳魂行。
掩面长叹惜不得，唯见瓶中污水盈。

把鲜花插在容器里养护的做法，我们现在称为"插花"，古人则称为"瓶花"。而古诗词里提到的插花，一般是指"簪花"，即往头上插花，如李清照"醉莫插花花莫笑，可怜春似人将老"，辛弃疾"少日春怀似酒浓，插花走马醉千钟"，陆游"有花君不插，有酒君不持，时过花枝空，人老酒户衰"。

瓶花跟盆景一样，是古代文人寄托林泉之思的案头清供。要把花与瓶的艺术美感结合得恰到好处，这里面有诸多门道，比如挑什么花材，如何折枝，选哪种花瓶，插几枝为宜，怎样插更好看，花叶如何搭配，为延长花期应该如何剪根、修茎、换水，等等。明代最有名的瓶花专著，当属高濂《瓶花三说》、张谦德《瓶花谱》和袁宏道《瓶史》。古人崇尚自然美，因此瓶花的审美标准讲究"得画家写生折枝之妙，方有天趣"。其实更简单的做法是，折几枝花，寻一个瓶，信手拈来，即可营造一个有艺术感的花境。任何外来的艺术标准，都不如你的闲情逸趣来得矜贵。

撩湖泼叶滚荷珠

莲池（七绝）

蓬房窈窕小青株，

是处红衰翠未枯。

稚子嬉玩颇尽兴，

撩湖泼叶滚荷珠。

荷花原产于中国，因此古籍中很早就有记载，如《诗经·陈风》"彼泽之陂，有蒲与荷"，《诗经·陈风》"山有扶苏，隰有荷华"，《楚辞·招魂》"芙蓉始发，杂芰荷些；紫茎屏风，文绿波些"。清李渔《闲情偶记·芙蕖》赞美荷花"有五谷之实而不有其名，兼百花之长而各去其短。种植之利，有大于此者乎"。

九月，正是荷花初谢、荷叶尚青的时节。娇嫩的莲蓬从碧圆的大叶子中间，怯生生地探出可爱的小脑袋。此时又凑过来一个可爱的小脑袋，正是我家娃路过荷塘。只见他蹲下身子，调皮地撩起湖水向荷叶泼去，边玩边笑。水跳到荷叶上，就变成一颗一颗圆圆的水珠。他看到后，又连忙扯住荷叶边缘摇来摇去，让水珠在叶子里不停地翻滚。据说荷叶表面有一层细密的绒毛，还覆盖一层蜡质，具有极强的疏水性，所以水滴落到荷叶表面，不但不会润湿叶子，还能弹跳起来。看来这种植物不仅颜值高，而且确实比一般花叶更好玩呢。

关于荷珠，唐白居易《荷珠赋》有写："明玑而夜月争光，丹粟而晨霞散日。其息也与波俱停，其动也与风皆急。若转于掌，乃是江妃之珠；如凝于盘，遂成泉客之泣。"清蒲松龄也写过《荷珠赋》："若夫地脉发，天气清，濛菘下，颗粒生，月涵星泣，烟斜雾横，见遗鳞与剩璧，睹碎玉与残晶，想渊客之陨涕，乃颗颗而圆成，映初出之皎日，似晨宿之荧荧。"两人均写得文采飞扬、潇洒自若，使得荷珠这一大自然的微物，在后世得以流芳溢彩。

绢丝袅袅美人头

美人蕉（五古）

园深草木多，邂逅美人蕉。

袅袅风前立，亭亭傲世娇。

黄绢初裁好，红云度腮潮。

鸳鸯色犹奇，罗裙翻酒浇。

更有水生粉，嫣然捻指翘。

玉露花心蕴，翠袖自飘摇。

宛然天姿在，望者皆魂销。

  走进一片高高的草丛，恰遇各种美人蕉，如同发现了一片降落于此的彩色祥云。美人蕉是草本植物中的高挑美女，其花朵酷似手绢做成的头饰，慵懒松软地点缀在叶间，大气率性，清新脱俗。黄美人蕉，令人想起蔡邕在曹娥碑中所题的八个字"黄绢幼妇，外孙齑臼"。红美人蕉，像少女的玉面桃腮上泛起的红晕。兰花美人蕉的颜色更是奇特，赤橙相杂，宛如泼溅了酒的绢绸，令人忆起白居易《琵琶行》里的诗句"血色罗裙翻酒污"。还有一种罕见的水生粉美人蕉，像美人翘着水灵灵的兰花指，雅致秀气，令人着迷。

依照佛教的说法，美人蕉是由佛祖脚趾所流出的血变成的。好像佛祖总是很有办法，把那么多美丽的花花草草为它所用。

萍心片片在池头

水鳖（七绝）

水边忽见蓬蓬袖，
衣白纱轻衬碧衷。
裁者谁怜相念意，
萍心片片在池头。

　　在世纪公园的湖边漫步，发现在一片挨挨挤挤的袖珍"荷叶"中，星星点点散落着一些迷你"荷花"。每一朵花都由三片微微透明的白色花瓣围裹着，极像一种衣袖的款式"蓬蓬袖"，再加上中间的黄色花蕊，自带一种家常菜"荷包蛋"的色彩组合，看起来有点美味。这样清纯可爱的浮水草本植物，居然有个令人不可思议的、似乎不着边际的名字"水鳖"。它又叫连心萍，因其叶子是心形的，所以有心心相连的意思。倘若你看到水面浮着的这些碧叶，会不会联想：这到底是谁精心剪裁出来的一片又一片"心"，放在池头来寄托相思呢？

最怜一朵晚生蕊

荷塘晚蕊（七绝）

荷叶经秋尚碧青，
玲珑多窍贮莲瓶。
最怜一朵晚生蕊，
玉骨冰肌别样灵。

　　十月初，已过了秋分，荷塘里的大多数荷叶仍然碧生生的，莲蓬随处可见。有些莲蓬的颜色已由青绿变为枯黄，像一个个装着莲子的玲珑多孔瓶，如果落在娃们的眼里，肯定又是一样好玩具。在碧绿的荷叶堆里，忽然冒出来一朵白莲花，风姿绰约，袅袅颤颤，仿佛一道微弱的清光倾泻到荷塘里，格外惹人怜爱。她仿佛在以优雅的姿态，向这个夏天做最后的告别。

　　这一朵清纯出水的白莲花，堪比绝色美女，令人想起五代王仁裕《开元天宝遗事·解语花》里写到的轶事："明皇秋八月，太液池有千叶白莲数枝盛开，帝与贵戚宴赏焉。左右皆叹羡，久之，帝指贵妃示于左右曰：'争如我解语花?'"玄宗真是一个很会谈恋爱的皇帝，总是不失时机地讨好美人。

落落柔黄茶酒醉

咏桂（七律）

莫笑秋来粟粒繁，曾疑月下冷香圆。
流芬吐蕊旋鼻翼，浥露盈枝映碧烟。
落落柔黄茶酒醉，幽幽韵致梦魂颠。
人云贵傲空高许，却有清奇入世缘。

对于绝大多数的花，我是靠眼睛来辨识的，唯有对于桂花，我用的是鼻子，因为它的香味实在太特别了。宋之问的诗句"桂子月中落，天香云外飘"真是神来之笔。唐段成式《酉阳杂俎·天咫》最早记录了吴刚伐桂的传说："旧言月中有桂，有蟾蜍，故异书言月桂高五百丈，下有一人常斫之，树创随合。人姓吴名刚，西河人，学仙有过，谪令伐树。"

我国古人称科举高中、金榜题名叫做"蟾宫折桂"，古希腊人赋予优胜者以"桂冠"美誉，因此"桂"显得很"贵"。其实桂也很接地气，泡茶酿酒、制糕做饼，皆少不了桂花的点睛之笔，吃货们都已心领神会。

　　"桂"之得名，在南宋范成大《桂海虞衡志》中有所记载，"凡木叶心皆一纵理，独桂有两纹，形如圭"，这是说桂树的叶脉形似古时的玉制礼器"圭"。桂花古称叫"木犀"，北宋张邦基《墨庄漫录》中记载，"浙人曰木犀，以木纹理如犀也"，这是说因其树干的纹理跟犀牛角的纹理相似。不管是像玉圭还是像犀牛角，都暗示了桂不是一般的俗树，而是自带贵气、派头十足的奇植。

都市稻田黄

水稻收割（五古）

晚秋禾抽穗，都市稻田黄。

请娃试稼穑，好惜眼前粮。

镰刀手底晃，平野翻浪光。

杵白舂壳破，迎风再簸扬。

净米入石眼，细粉出磨膛。

余杆扎为束，稻草成儿郎。

额背蒸汗透，却喜半日忙。

明瓶承心愿，但祈丰年长。

上海喜马拉雅美术馆旁边有一块水稻田，在高楼林立、寸土寸金的城市里是一处罕见的诗意地标。每年水稻成熟之际，这里都会开展水稻收割活动，让身居闹市的都市人得享稻田之趣。这次带娃参加活动，是想让他们体验一下农夫生活，从而领会"谁知盘中餐，粒粒皆辛苦"的深意。

　　成熟水稻在田里呈现金灿灿的喜人景象。水稻收割之后，还有打稻穗、去稻壳、磨米粉和扎稻草人的丰富活动，对很多大人来说都是一种新奇的体验。第一步是收割水稻，人须弯着腰，左手抓住一把田里长着的水稻，右手拿起镰刀将之割下，如果站姿不对，容易弄破自己的手脚。第二步是抽打稻穗，使稻谷从稻梗上顺利脱落。将秸秆和稻谷分离以后，秸秆可以用来扎稻草人，稻谷则需要进一步脱壳。第三步是用杵臼来舂稻谷，使稻谷去壳成米。第四步是用箕迎风簸扬，使较轻的糠被风吹走，留下饱满的米粒。第五步是制作米粉，把米粒放入石磨中间的磨眼里，然后转动石磨，米便通过磨眼流入磨膛，被磨成细粉后流到磨盘上。"稻花香里说丰年"，这次汗流浃背的体验，可以让小朋友倍加珍惜来之不易的米粮。

　　水稻是人类重要的粮食作物之一，在我国的栽培历史相当悠久。据浙江余姚河姆渡发掘考证，早在六七千年以前这里就有水稻种植。水稻成熟，要经历出苗、插秧、分蘖、拔节、孕穗、抽穗、开花、灌浆的一系列过程。稻谷去壳后就是大米，可供人们食用。"稻"，古字形的上部是"米"，下部像装稻米的容器，在甲骨文里是将收割、舂好的稻子放进器中之意。东汉许慎《说文解字·禾部》:"稻,稌(黏糯米)也。从禾,舀声。"《周礼》中有"稻人"一职,是专管植稻的官吏。

初冬花木有生意

午间寻芳有感（五古）

初冬疾初愈，咳涕渐不妨。
衰懒未褪尽，午暖思寻芳。
蔷薇丰腴朵，海棠红睡妆。
蜜菊娇依偎，银杏通体黄。
大吴风草卷，三色堇花狂。
花木有生意，我亦当勉强。
暂且支颐坐，疲眼蘸书香。

立冬前后咳嗽了近三周，今天看到午间暖阳，感到腿上稍微长了点力气，不像感冒严重时那么衰懒，便出门逛了逛街。这个季节，在上海市区，还能看到好些花朵抵着严冬开放——蔷薇身姿丰腴，海棠脸蛋绯红，蜜菊相依相偎，三色堇疏狂不羁。新认识了一种金色花瓣会往后翘的菊花，远望好似一个个小风车，它有个磅礴的名字叫"大吴风草"。即便在低温的冬天，这些花木还这么生机勃勃，我也应当尽力而为。回去后，我打起精神，一手托着下巴，一手再翻几页闲书，努力与体内的惰虫做些许抵抗。

也拟采菊吟醉回

咏菊（七绝）

魏紫姚黄落野隈，

灵光清气自天栽。

宅无五柳遮尘想，

也拟采菊吟醉回。

　　"落花无言，人淡如菊""采菊东篱下，悠然见南山"，菊给我们带来的正是这一种低调淡泊、温雅娴静的韵味。菊之得名，可见北宋陆佃《埤雅》："蘜草有花，至此而穷焉，故谓之蘜。""蘜"在古代有穷尽之意，一年花事至此结束。我在各处拍到了一些简单好看的草本植物，整理后居然发现它们同属菊科，如黄金菊、松果菊、木茼蒿、一年蓬、荷兰菊、大吴风草、蒲公英、向日葵、百日菊等。

　　古人认为菊花是土金相生的，因此以黄色为正色名列第一，其后排名依次是白色、紫色和红

33

色。清陈淏子《花镜·菊花》："春夏秋冬俱有菊，究竟开于秋冬者为正。以黄为贵。自渊明而后，人多踵其事而爱之。"清潘荣陛《帝京梦时纪胜》："秋日家家胜栽黄菊，采自丰台，品种极多。惟黄金带、白玉团、旧朝衣、老僧衲为最雅。"这次发现了紫得极美的荷兰菊，令想起牡丹中的两种珍品"魏紫姚黄"。牡丹之雍容华贵，菊花固不可及，但其灵秀蕴藉却更胜之，难怪五柳先生对它始终青眼独加。

垂英袅袅碧藤台

牵牛花（七绝）

蓝紫罗裙款款裁，
垂英袅袅碧藤台。
娇容清晓方初见，
少顷含羞拂袖回。

　　牵牛花在我心目里有着满满的少女感，因为我小时候在阳台上种过好几年。到了花季的清晨，蓝紫色的牵牛花在藤蔓上朵朵绽放，像一个个婀娜多姿的罗裙美女翩翩起舞，它们跳的是裙摆向上的倒立旋花舞。但是过了八点，它们就慢慢地蔫掉了。除了蓝紫色，牵牛花还有绯红、桃色、混色等。

　　牵牛花原产中国，传到日本以后又有了别名"朝颜"，相对应的"夕颜"是指葫芦花或瓠花。由于牵牛花的花形像喇叭，所以我们又称它"喇叭花"。这让人想起在背景为民国时期的影视剧里，我们经常看到老上海留声机上面，有一个引人注目的黄铜大喇叭，就像一朵盛开的喇叭花。还有人喜欢把牵牛花与牛郎织女的爱情故事联系在一起，反正神话传说本来就是给人们随意消遣的谈资。

卷二 真味久愈在

"百事常随缘，饮食穷芳鲜"，春韭秋菘，鲈鱼莼菜，每一种能留在我们记忆深处的食物，不仅强烈地搅动过我们的味蕾，熨贴过我们的胃肠，还连接着我们的往日情感。因此，每一首关于美食的诗，都像一个时空开关，不仅会打开我们舌尖上的丝丝回味，还可寻到历久弥新的人间真味。

指尖小果玲珑秀

虞美人·樱桃

指尖小果玲珑秀，绿柄弯清瘦。天生一段透魂姿，难怪乐天思素口吟诗。

启唇犹似吸鲜血，回首人惊舌。若无其事慢条条，笑道方才还在咽樱桃。

这是生活中的一桩趣事。今年樱桃上市多且便宜，正是大快朵颐的好时机。从麦德龙买来十斤智利黑樱桃，我们都吃得很起劲，于是乃有了家人回眸一笑、满口尽是"鲜血"的这一幕"吸血鬼"镜头，令人惊悚又好笑。

樱桃早在三千年前的周朝，就已出现于我国长江流域。它是历代荐于寝庙的重要祭品，《礼记·月令》记载"羞以含桃，先荐寝庙"，《吕氏春秋》高诱注云"鸎桃，鸎鸟所含食，故言含桃"。樱桃也是唐代进士宴会的名目之一，五代王定保《唐摭言》"新进士尤重樱桃宴"。宋苏颂

《本草图经》记载了几个樱桃品种，"其实熟时深红色者，谓之朱樱；正黄明者，谓之蜡樱；极大者有若弹丸，核细而肉厚，尤难得也"。

历来文人写樱桃诗最有名的，还当属风流倜傥的白居易。无论是冯延巳的"一树樱桃带雨红"、杜牧的"圆疑窃龙颔，色已夺鸡冠"，还是苏辙的"盘中宛转明珠滑，舌上逡巡绛雪消"、辛弃疾的"香浮乳酪玻璃流"，皆不及白居易把樱桃比成美人唇那么香艳迷人，"口动樱桃破""樱桃樊素口"，难怪樱桃小口会成为古典美人的标配。

关于樱桃的吃法，可以参考南宋林洪《山家清供·樱桃煎》："樱桃经雨，则虫自内生，人莫之见。用水一碗浸之，良久，其虫皆蛰蛰而出，乃可食也。杨诚斋诗云：'何人弄好手？万颗捣尘脆。印成花钿薄，染作冰澌紫。北果非不多，此味良独美。'要之，其法不过煮以梅水，去核，捣印为饼，而加以白糖耳。"

金衣裹泥弯月姿

霜天晓角·蛋饺

　　敲蛋调齐，放油摊作皮。荠菜青青弄碎，加肉末、拌成糜。

　　金衣，香裹泥，炙如弯月姿。出水可惊鲜亮，津唾咽，箸频提。

　　蛋饺是颇有崇明风味的一道家常菜。蛋饺色泽金黄、形状弯曲，宛如月形枕头；吃起来滋味鲜美无比，可以同时满足人们对肉、蛋、菜三样营养的需要。崇明大蛋饺不论从外形、做法还是吃法上，真可谓别具特色。在外形上，崇明大蛋饺是用蛋皮把一大块馅裹在其中，圆鼓鼓的相当实在，不像别处的蛋饺那样一大块蛋皮只裹一点点肉，也不像饺子那样四周裹得严丝合缝，而是在蛋皮一侧留了空隙，这样再放鲜酱汁烧熟以后，就会更加入味。在做法上，崇明人很粗放地直接在大镬子里做蛋皮，不同于其他地方那样放在小铁勺里做。在吃法上，崇明人把煮蛋饺当成单独的一个菜，而其他地方喜欢把蛋饺放入火锅或粉丝汤煲中点缀。

　　☆霜天晓角，本是一个以仄韵为正格的词牌，这里用了它的平韵变格。

翡翠露红沙

西瓜（双宝塔诗）

瓜

绿底，黑花。

幽风晚，乘凉家。

碧壶深贮，软玉流霞。

轻剖圆绿斗，翡翠露红沙。

玉液琼浆入腹，清新冰雪生牙。

喜看浑圆随地滚，闲来消夏渴当茶。

西瓜，自五代时从西域传入我国。明徐光启《农政全书》："西瓜种出西域，故名。按五代郃阳令胡峤陷回纥，归得瓜种，以牛粪种之，结实如斗大，味甚甘美，名曰西瓜。"至宋代，西瓜已推广至全国种植，成为夏季的消暑佳品。清富察敦崇《燕京岁时记》："六月初旬，西瓜已登，有三白、黑皮、黄沙瓤、红沙瓤各种。沿街初卖者，如莲瓣，如驼峰，冒暑而行，随地可食。既能清暑，又可解醒，故予尝呼为清凉饮。""凡中秋供月，西瓜必参差切之，如莲花瓣形。"

写得活色生香的西瓜诗，如宋方一夔《食西瓜》："恨无纤手削驼峰，醉嚼寒瓜一百筒。半岭花衫粘唾碧，一痕丹血掏肤红。香浮笑语牙生水，凉入衣襟骨有风。从此安心师老圃，青门何处问穷通。"清陈维崧《洞仙歌·西瓜》："嫩瓢凉瓠，正红冰凝结。绀唾霞膏斗芳洁。傍银床、牵动百尺寒泉，缥色映，恍助玉壶寒彻。夜深呼碧玉，同倚阑干，月色荷香两清绝。笑问破瓜无，此夜琼浆，须怜取、寸心长热。见手揽金刀细沈吟，悄不觉红潮，早堆肌雪。"

☆宝塔诗原称"一七体诗"，从一字句向下逐层增至七字句，形似宝塔，一韵到底。后人谱以为词，并以"一七令"之名定为词牌。双宝塔诗，是由单宝塔诗演化而来，讲究对仗，两句一韵。

满腹香丝谁可见

蝶恋花·金瓜

清夜花开黄玉瓣。粉蕊含春，瓠果结藤蔓。满腹香丝谁可见，将心唯有深剖半。

沸水凉刀都历遍。缕缕依然，手指缠金线。解腻消食回味隽，唇间脉脉情无限。

金瓜是崇明的一大特产，葫芦科南瓜属，一年生草本植物。它是相当奇特的一种瓜：一奇在外形，它的形状大小很像哈密瓜，硬黄色的表皮又很像南瓜；二奇在花朵，金瓜花如同昙花一样在夜里开放，而颜色和形状则很像南瓜花；三奇在味道，明明是瓜类，尝起来却有点像海蜇。最奇特的就要属金瓜的吃法了。将金瓜用刀剖成两半，掏除内瓤，在沸水里煮过，冷却后就可以用勺子从瓜腹里挖出一条一条像面条似的细丝。将其沥干水分，加葱油盐调味、搅匀以后即可食用，清嫩香脆，爽口解腻。金瓜的食用纤维是天然形成的，所以有人赞美厨师切金瓜丝的刀工了得，成为一个关于金瓜的经典笑话。

金瓜腹中多丝，也给人带来了有趣的联想。"丝"与"思"同音，古人经常把谐音写入诗中，含蓄寄托自己的心意，李商隐就颇谙此道，如"春蚕到死丝方尽""金蟾啮锁烧香入，玉虎牵丝汲井回"。

万缕千丝烦恼思

金瓜（七绝）

> 万缕千丝烦恼思，
> 搜肠刮肚理新知。
> 何当满腹经纶日，
> 金榜题名正此时。

崇明金瓜的内部结构奇特，瓜腹的可食用部分是肉质纤维，将之煮熟后刮出来，就是一条条浑然天成的细丝。六月份正是上海高考季，金瓜又引起了我一个有趣的联想。经纶是整理丝缕的意思，引申为人的才学和本领。满腹经纶是形容人很有才学和智谋，出自《周易·屯》"象曰：云雷，屯，君子以经纶"，意为乌云雷声交动，君子在时局初创之际努力成就大事。金瓜除了有"满腹经纶"的特点，还有预祝"金"榜题名的好口彩，对此有属意的朋友，欢迎来我家乡崇明品一品美味的金瓜。

窈窕身姿尖似刀

一剪梅·刀鱼

窈窕身姿尖似刀。跃跃波光，银闪鳞摇。清明前后赴春情，路也迢迢，雨也潇潇。

洗净清蒸即美肴。纵是老饕，亦勿心焦。由来至味费时辰，刺若牛毛，鲜掉眉梢。

刀鱼是崇明的一大特产。在我小时候，刀鱼价格还不算高，所以偶尔能在餐桌上邂逅一二。现在每当想起那鱼肉的滋味，也都忍不住唾津的暗潮涌动。清明前后是赏味刀鱼的好时令，崇明岛周围的水域便是刀鱼这种洄游性鱼类的高产地。狭长的鱼身有如尖刀，鳞片很薄且闪着银白光。只消将刀鱼洗净，放葱姜酒盐在锅上蒸熟，便是一道鲜嫩肥腴、入口即化的美味。用箸夹到口中时，须对每一寸鱼肉皆细细嚼过，方不辜负这种天赐至味。最鲜美的鱼总是多刺，譬如鲥鱼，譬如刀鱼。

刀鱼，就是《山海经》中提到的"鮆鱼"，又叫刀鲚。宋朝诗人记下了这盛行一时的美味，苏轼《和文与可洋川园池三十首之寒芦港》"还有江南风物否，桃花流水鮆鱼肥"，梅尧臣《送次道学士知太平州因寄曾子固》"春浦杨花撩乱飞，春江鮆鱼来正肥"，陆游《花下小酌》"鮆鱼莼菜随宜具，也是花前一醉来"，刘宰《走笔谢王去非遣馈江鲚》"肩耸乍惊雷，腮红新出水。芼以薑桂椒，未熟香浮鼻。河鲀愧有毒，江鲈惭寡味"。刀鱼的鲜味可以辗压河鲀、江鲈，"太湖三白"之一的白水鱼，味道庶几近之，仍不能及。

刀鱼在清代也是颇受欢迎。全祖望《甡柯江上偶然作其二十一》："杪春鳝白化为鲥，正逐刀鱼上市时。试向渔家一问讯，家家藿叶脍姜丝。"赵佩湘《刀鱼》："又有珍鲜入市曹，晴波跃跃见银刀。及锋新许庖人试，弹铗休誇食客豪。戏水几时穿密网，隔江随处划飞涛。都应昔日专诸馈，留得馀生供老饕。"袁枚《随园食单》介绍了刀鱼的吃法："刀鱼用蜜酒酿、清酱放盘中，如鲥鱼法蒸之最佳，不必加水。如嫌刺多，则将极快刀刮取鱼片，用钳抽去其刺，用火腿汤、鸡汤、笋汤煨之，鲜妙绝伦。"我赞成袁枚的做法，新鲜刀鱼清蒸最美，将其油煎不啻于暴殄天物。

含香珠翠牙间恋

踏莎行·秋葵土豆泥

土豆蒸泥，秋葵切片，相融碗里深深见。素盘翻转半成球，芝麻盈握轻轻散。

金色缠绵，青颜缱绻，含香珠翠牙间恋。从来佳馔似佳人，倾心如故形神罕。

秋葵是锦葵科一年生草本，20世纪初才从美洲地区传入我国。我们所吃的是秋葵未成熟的豆荚，其外形像合拢的五边形小伞。把秋葵从横截面切开，里面有很多圆形的小白种子，吃起来有黏乎乎的感觉。

秋葵土豆泥是一道颜值高、味道美的蔬菜。把开水焯熟、横切成片的秋葵铺满半球形的碗底，再把蒸熟调味的土豆泥塞进碗里压实，让秋葵片牢牢镶入土豆泥，然后翻转过来扣在盘子里，就成为一个萌萌的半球，还可以洒点芝麻添香。这道菜的亮点在秋葵，造型别致，给人以盛妆女子满头珠翠的感觉。

汁混柠檬仁

鲜果茶（五古）

午后一杯饮，薄荷小清新。
汽旋彩果粒，汁混柠檬仁。
咽下如流雪，口齿渐生津。
枯肠得慰藉，暂洗倦心尘。

对于既不喝咖啡又不泡茶叶的人来说，午后喝上一杯用鲜果泡的茶，浓郁的果香令人生津开胃，酸甜的果味令人舒缓情绪，可以给人增添精神上的愉悦和惬意，一洗奔波尘世的疲累。柠檬片、薄荷叶和青金桔是常见的泡茶搭配，新鲜水果则可根据自己的喜好随意添加，常见的如芒果、火龙果、蓝莓等。鲜果茶与起源于 19 世纪末德国的干果茶有所区别。干果茶是将水果加工烘干，用热水冲泡后饮用，虽然损失了维生素，但方便储存和携带。鲜果茶则是现切现喝，新鲜可口，但是不宜久存。

轻剖珠玉盅

石榴（五古）

锦裹俏灯笼，轻剖珠玉盅。
繁星琥珀亮，甘醴胭脂红。
稚儿拍手爱，啜吮意颇恭。
无言亦不跑，消磨一刻钟。

　　石榴是一种美味的水果，《酉阳杂俎》"石榴甜者谓之天浆"。如果娃爱吃石榴，那家长就要偷着乐了，因为包着石榴籽的果肉需要一粒粒地吮汁，可以让娃独自消磨掉好些时间。

　　石榴自公元前 2 世纪从西亚传入我国，《齐民要术》记载："张骞使西域还，得安石榴、胡桃、蒲桃。"唐代流行一种明艳照人的裙子，色如石榴红，因而被称为石榴裙，在年轻女子中颇受欢迎，武则天还写过一首诗《如意娘》："看朱成碧思纷纷，憔悴支离为忆君。不信比来长下泪，开箱验取石榴裙。"还有一些写石榴的诗作，如韩愈《题榴花》："五月榴花照眼明，枝间时见子初成。可怜此地无车马，颠倒青苔落绛英。"宋王禹偁《咏石榴花》："王母庭中亲见栽，张骞偷得下天来。谁家巧妇残针线，一撮生红熨不开。"宋杨万里《石榴》："深著红蓝染暑裳，琢成纹玳敌秋霜。半含笑里清冰齿，忽绽吟边古锦囊。雾縠作房珠作骨，水精为醴玉为浆。刘郎不为文园渴，何苦星槎远取将。"

　　明王象晋《二如亭群芳谱》里记载了一些石榴品种，如海榴、黄榴、四季榴、火石榴、饼子榴、番花榴等。但不论是哪个品种，里面的籽都很多，因而石榴有"多子"之寓意。《北齐·魏收传》里记载了一个故事："安德王延宗纳赵郡李祖收女为妃，后帝幸李宅宴，而妃母宋氏荐二石榴于帝前。问诸人莫知其意，帝投之。收曰：'石榴房中多子，王新婚，妃母欲子孙众多。'帝大喜，诏收'卿还将来'，仍赐收美锦二匹。"

米香弥屋欢

"八十八亩田"制糕记（五古）

稻梦空间站，亲手制糕盘。

米粉漏筛下，细填九格栏。

蛋模轻压过，辗出匀整团。

红豆沙注馅，覆粉刮平宽。

盖纸放木具，压实扣反端。

敲木以脱模，方块宛然观。

隔水蒸锅暖，米香弥屋欢。

松江烟火气，试看田间餐。

［古镜新磨：把生活过成诗］

　　"八十八亩田"是上海松江区叶榭镇的民宿，其中叶榭米糕是此地知名的传统点心。在农家宴席上，我们品尝到了豆沙、榴莲、紫薯和南瓜四种馅料的方形软糕，每块糕上印着一个字，每四块同样颜色的米糕连缀成一个吉祥俗语。花八十八元，还能亲自体验叶榭软糕的制作过程，从筛粉、压模、注馅、盖粉、脱模到最后的上锅蒸熟，实实在在地感受到糕香满屋时内心升起的愉悦感。想想在制糕之前，还有种稻、碾米、磨粉、做馅等各种更为复繁的步骤，便可充分领悟到每一份食物的来之不易。尤其是在上半年体验过上海疫情之后，这一份重新回来的烟火气，令人感到弥足珍贵。

满月一轮试素盘

煎饼（七绝）

面粉葱盐加蛋液，
调匀开火置油摊。
稚儿闻味奔来看，
满月一轮试素盘。

　　煎饼是一道传统面食，在家里也可以简单地制作一下。把面粉、鸡蛋、盐和葱等用水调匀，然后倒在加油的平底锅里，开火煎成饼。香喷喷的圆饼摊放在盘子里，像一轮浅黄色的秋月，滋味也非常鲜美，引来了孩子们的目光和口水。

　　我们平时在街头看到一些煎饼摊，做的是山东煎饼。把饼摊得很薄很大，涂上甜面酱，还可以根据顾客的口味，在饼里夹上里脊肉、鸡胸肉或五花肉等。清代蒲松龄就是山东人，他写过《煎饼赋》，详细描述了其做法："掬瓦盆之一勺，经火烙而滂澎，乃急手而左旋，如磨上之蚁行，黄白忽变，斯须而成。'卒律葛答'，乘此热铛。一翻手而覆手，作十百于俄顷，圆如望月，大如铜钲，薄似剡溪之纸，色似黄鹤之翎，此煎饼之定制也。"其精彩的文字，令人对做煎饼有了身临其境的感受，因而对吃煎饼也有了更深切的期待。

甜罐惹馋鸟

天仙子·柿

七月曾来观树杪，翠纱丛里青灯照。如今红透半边天，甜罐俏，惹馋鸟，饱腹休悲秋色老。

7月我去逛世纪公园的时候，树丛里挂着的还是青涩小柿，到11月已经完全成熟，又红又甜，像个好看的蜜盅，颇令人垂涎，也是鸟雀们的美餐。没有柿子的秋天是不完整的，趁着这大好时光，有果堪食直须食，莫待秋老空悲切。

柿子原产中国，有上千年的栽培历史，曾被明太祖封为"凌霜侯"，在古代文人雅士的诗中也频繁出现，如白居易"柿叶红时独自来"、李益"柿叶翻红霜景秋"、李商隐"秋日当阶柿叶阴"、杜牧"迎霜柿叶殷"、韦庄"柿叶添红景"、黄庭坚"柿叶铺庭红颗秋"、陆游"墙头累累柿子黄"等。专门写柿的诗也有几首，如南北朝庾仲容

《咏柿诗》："发叶临层槛，翻英糁花药。风生树影移，露重新枝弱。苑朱正葱翠，梁乌未销铄。"唐刘禹锡《咏红柿子》："晓连星影出，晚带日光悬。本因遗采掇，翻自保天年"，宋范成大《霜后纪园中草木十二绝·其九》："清霜染柿叶，荒园有佳趣。留连伴岁晚，莫作流红去。"

有趣的是，唐段成式在《酉阳杂俎》中居然给柿树赋予"七德"："俗谓柿树有七德：一寿，二多阴，三无鸟巢，四无虫，五霜叶可玩，六嘉实，七落叶肥土。"不知从何时起，柿子居然成了红红火火的吉祥果，因"柿"与"事"谐音，所以逢年过节人们常常不忘画几个柿子，讨一个"事事如意""心想事成"的好口彩。

贮就清樽甘露饮

芦穄（七律）

拔地田间数丈高，流苏穗子逆风摇。
翠围瘦系罗敷带，舞影轻回杨柳腰。
贮就清樽甘露饮，斫成无漏碧云箫。
利皮可做鱼肠剑，倚走江湖试斩蛟。

芦穄，禾本科高粱属，种植历史悠久，是崇明的一大特产。夏日田头一根根两米至四米高的青绿棒，头缀红黑色穗子，身缠丝带状绿叶，飘逸潇洒，颇为喜人。待芦穄成熟后，即可将之斫下，剁成一节一节的小棒，随时可供食用。芦穄汁脆生生、甜津津的，是夏季清凉解渴的天然饮料。小时候我嘴小牙嫩，啃不动粗大的甘蔗，于是苗条的芦穄便成了首选。吃芦穄时，必须小心地撕去刀子般锋利的外皮，露出一段浅青色的芦穄肉，便可以咯吱咯吱地嚼咽汁水，最后把嚼完的渣吐出来。芦穄品种很多，其中有一种红心芦穄，芦穄绿肉的正中心长有血红印记，害得每次我吃的时候，总怀疑这红色是嘴唇被芦穄皮划破后滴出的血。

元王冕写过的《九里山中》一诗，提到了芦穄："九里先生两鬓皤，今年贫胜去年多。敝衣无絮愁风劲，破屋牵萝奈雨何。数亩豆苗当夏死，一畦芦穄入秋瘥。相知相见无他语，笑看生前白鸟过。"我近年来牙口不好，啃咬硬食殊为不易，这里专为芦穄写了一首诗，也算是对以往敞开吃、随便啃的青葱岁月的一种怀念吧。

卷三　道艺喜时闻

"一朵微小的花对于我可以唤起不能用眼泪表达出的那样深的思想。"艺术唤起我们对生活深切的体验、思索和理解，可以疗愈乏味，滋养心灵；可以纾解烦忧，舒缓情绪；可以定格刹那，留存记忆。在大城市里谋生，难免终日忙碌，"偶得幽闲境，遂忘尘俗心"，参加各种妙趣横生、诗意盎然的艺术活动，令人暂时抛却俗世烦扰，体验另一个奇妙的时空。浮生若梦，对酒当歌，这些近在咫尺的吉光片羽，也可视为大都市里的"诗与远方"吧。

叩问生死愁心乱

踏莎行·观昆曲《我，哈姆雷特》

秋水流枯，春枝难恋，暗魂逐水离行远。殓衣如雪父仇深，花环情葬香尘断。

血热灵台，悲歌唱晚，叩问生死愁心乱。剑指祷者不能挥，冥冥自去无人管。

《我，哈姆雷特》是根据莎士比亚的戏剧《哈姆雷特》改编、罗周编剧、张军主演的创新实验昆剧。一个多小时的表演是张军的独角戏，他一个人诠释了所有角色，如哈姆雷特、奥菲利亚、父亡灵、掘墓人等，涵盖了生、旦、末、丑4个行当，说了普通话、韵白、苏白、英语4种不同念白。这是用中国昆曲独角戏的形式演绎西方经典戏剧的创新昆剧，印象较深的还有罗周写的那首诗"开到荼蘼恨春去，萧萧落叶恼秋来。凭谁看破春秋事，不过歌台与泉台"。

看戏归来填了这首词，上阕写奥菲利亚，下

阕写哈姆雷特。叩问生死，难以抉择，"to be, or not to be"，丹麦王子在困境中痛苦挣扎，其内心的急剧撕扯具有强烈的艺术张力。曾经的恋人成了杀父仇人，奥菲利亚无法面对残酷的真相，爱情也不能消弭她生无可恋的绝望感。面对正在祈祷的叔父克劳狄斯这个杀父仇人，哈姆雷特本可一剑刺死他，却因内心的犹疑不定而放弃了机会。"黯然忍受命运暴虐的毒剑，或是挺身反抗人世无涯的苦难，在奋斗中扫除这一切，这两种行为哪一种更高贵？"哈姆雷特的正直和善良、懦弱和犹豫，也曾经是世间很多凡人的内心矛盾。

浮生若梦念余温

柳梢青·观昆曲《浮生六记》

　　云草含春，浮生若梦，暗扫残痕。腐乳嚼鲜，清粥啜暖，犹念温存。

　　相逢空忆黄昏，自别后、罗衫黯尘。心字香烧，人生如药，逆苦无因。

　　《浮生六记》现存四记，另两记遗失。多年前读此书时，关注点在"闺房记乐"，沈复把青梅竹马、伉俪情深的青年生活写得如此生动有趣，令人羡慕且忍俊不禁。如今有了一些人生阅历，感同身受，才真正读懂"坎坷记愁"中，他们在那些清贫困顿、颠沛流离的日子里如何惨淡经营。世态炎凉百味尝，人情冷暖几沧桑，这两记互为背景、联系密切，让人深切地体味到，这对夫妻在举步维艰的生活中还能这样苦中作乐、相濡以沫，是何等的不易。

　　这次在上海大剧院上演的昆曲《浮生六记》

根据沈复原作改编、罗周编剧，由施夏明、单雯主演。此剧着重表现了沈复失偶悼亡这个点上的苦痛体验，一种生而为人无法逃脱的宿命，因此在戏剧大幕拉开的那一瞬，就呈现了芸娘香消玉殒之后、沈复恸哭魂兮归来的场景。还有芥卤腐乳、虾米卤瓜这两样做祭品的家常小菜，为芸娘生前口中所爱，沈三白始恶之而终好之；理所不可解之事，由情可解，正如芸娘所云"情之所钟，虽丑不嫌"。似这般不经意的诸多暖心小事，是沈三白此生亦复难得的温存回忆。戏台上还有令人难忘的一幕，是沈复失神地看着芸娘生前穿过的粉色衣裳，神情流露出"流芳未及歇，遗挂犹在壁"的无限哀伤，天人永隔相见无期，悲痛欲绝不能自已。音容犹在，斯人已去，心头尚有余温，一切皆成追忆。

天涯同是畏妻郎

双阕忆江南 · 观昆曲《狮吼记》

青藜杖，专打冶游郎。家有娇娘颇悍妒，跪罚撕扇本寻常，桃李泣红妆。

狮子吼，闻者自心惶。碧落黄泉皆绝望，天涯同是畏妻郎，哭笑两迷茫。

黎安、余彬主演的《狮吼记》在共舞台 ET 聚场上演，此戏也是人们喜闻乐见的昆剧经典。明代戏曲家汪廷讷将苏轼调侃好友陈季常的诗句"龙丘居士亦可怜，谈空说有夜不眠。忽闻河东狮子吼，拄杖落手心茫然"，编写成了富有喜剧效果的情感戏，兼具市井烟火气与文人雅趣，因而脍炙人口、历久不衰。

狮子吼，原为佛教用语，比喻佛陀讲法如同狮子威服众兽一样。陈慥，字季常，自称龙丘先生，又名方山子，是苏轼好友。仅从苏轼写的《方山子传》一文来看，陈妻柳氏悍妒并无实证。

据有关学者考证，狮子吼故事原型出自明代洪迈《容斋笔记·陈季常》，经过数千年的发展演变，至明代汪廷讷的笔下才臻于完善成熟。故事大意是苏东坡约陈季常游春，陈季常与妻子柳氏立下承诺，如若有妓相随，则甘愿受罚一百青藜杖。结果陈季常失信，柳氏醋意大发，是谓河东狮吼。《狮吼记》原著的结局是柳氏奇妒为阎王所恶，幸蒙佛印相救而复生还，她受到惩罚遂真心悔过。此种写法虽然颇有迎合男权主义社会的意味，但是相比节妇而言，妒妇这个形象在历史上的出现，本身就说明了妇女地位的提高，不甘沦为男性的附庸。此次改编昆曲的情节则是柳氏上天入地求告无门，因为她所告的官员、土地公、阎王，居然也都是惧内郎；后来陈季常诚意认错，柳氏放下藜杖，夫妇和好如初。改编的这个结尾赋予柳氏以敢爱敢恨、捍卫爱情的自我意识，无疑是更有现代感的女性形象。

暮春唯恐物华衰

阮郎归·观昆剧《玉簪记》

山云一片带愁飞，梵音枕上依。暮春唯恐物华衰，芳菲何处追。

琴韵许，语羞迟，暗呼鸾梦痴。凡心一动患合离，争如不动时？

胡维露、罗雪晨主演的昆剧《玉簪记》在上音歌剧院演出。这是明代作家高濂创作的戏剧，写的是南宋初年道姑陈妙常与书生潘必正以琴诗为媒、冲破世俗偏见而相恋结合的故事。据说在昆剧中，巾生常戴的一种叫"必正巾"的帽子，就来源于此剧小生潘必正。

此昆曲经过改编，主要形成"琴挑""问病""偷诗""秋江"四折，经久不衰的精彩一折当属"琴挑"。终日枯守禅灯、聆听晨钟暮鼓的落难尼姑陈妙常，在秋日晚间初会潇洒出尘的寄宿书生潘必正，以琴传情，互通款曲，你一支"雉朝飞"

慨叹盛年无妻，我一支"广寒游"惟念孤寂幽怨，琴曲互筹之间，已是灵犀神会、心流暗涌。但恐芳菲易衰、物华难追，趁尚未春阑花落，找到稳妥的人生归宿，妙常的寻常心思不难揣度。可是，一旦凡心动摇、芳心暗许，随之而来的便是牵肠挂肚、患得患失的无尽烦恼，终归堕入万劫难逃的俗尘，虽然戏剧最后是普罗大众所喜闻乐见的大团圆结尾。遁于青灯古佛固然枯淡寂寞，但若能跳出肆意造业之因果循环，心灵上得以自由解脱，也未必不是一种好的选择。

此剧中有些曲辞格外好听，印象较深的如一支"前腔"神思飞动："粉墙花影自重重，帘卷残荷水殿风，抱琴弹向月明中。香袅金猊动，人在蓬莱第几宫。"一支"懒画眉"凄清幽怨："月明云淡露华浓，倚枕愁听四壁蛩。伤秋宋玉赋西风。落叶惊残梦，闲步芳尘数落红。"

听取一支懒画眉

记张军之昆曲音乐会（七绝）

云薄风轻草露滋，
秋空是夜雅音垂。
水磨新调谁家美，
听取一支懒画眉。

十月好天气，炎夏已过，初秋方至，天凉得恰到好处。纤云如薄纱般清透，晚风吹到皮肤上惬意得很。草地上，秋空里，水磨新调的雅乐在悠悠扬扬地回荡。这天是潮玩国风音乐节系列之一，张军在世纪公园河的畔音乐广场举办新昆曲音乐会。

印象较深的是张军的两支"懒画眉"。一支是明代高濂《玉簪记·琴挑》中潘必正的唱词："月明云淡露华浓，欹枕愁听四壁蛩，伤秋宋玉赋西风。落叶惊残梦，闲步芳尘数落红。"描述在一个月明云淡、秋露滋华的深夜，墙角边有蛐蛐的鸣

73

叫声，西风里有落叶的疏落声，书生潘必正因思慕佳人而睡意全无，闲庭信步数着飘散的落花。另一支是明代汤显祖《牡丹亭·寻梦》中杜丽娘的唱词："最撩人春色是今年，少甚么低就高来粉画垣，原来春心无处不飞悬。是睡荼蘼抓住裙钗线，恰便是花似人心向好处牵。"这支"懒画眉"中的增减字较多。填词不能随便加字，写曲却有一定的自由度，这是曲牌与词牌的不同之处。

"懒画眉"是南曲的常用曲牌之一，属南吕宫，全曲五句。本意是古时闺中女子思念恋人而不得相见，懒得描眉抹粉、梳妆打扮。整个曲子听起来节奏舒缓慵懒，适于抒发思念之情，曲名应该取自温庭筠那首《菩萨蛮》："小山重叠金明灭，鬓云欲度香腮雪。懒起画蛾眉，弄妆梳洗迟。照花前后镜，花面交相映。新帖绣罗襦，双双金鹧鸪。"

牡丹相思重百年

听昆曲《梦回武陵源》（五古）

秋色媚如眼，香醉桂树前。

款步复兴路，梦回武陵源。

锦屏韶光静，鸟喧花愁眠。

牡丹相思重，香闺幽情怜。

燕语丰姿丽，罗袍梅枝妍。

美目流波转，春心尽飞悬。

相见但恨晚，三生叹尘缘。

听罢时空换，余音袅然遣。

但见墙上翠，光影叠万千。

　　秋色明媚，桂树飘香，款步走在复兴路上，直奔充满文艺气息的思南公馆。胡维露、张颋主演的沉浸式昆剧《梦回武陵源：一个属于你的牡丹亭》，在这里展开一小时的普及演出。戏台旁边，六折淡粉素雅的花鸟屏风静守着锦绣韶光，上面画着形神毕肖的鸟儿歇在枝上清啼，洁白的玉兰花枝恍若微颤。

不多时，弱态生娇、秋波流慧的杜丽娘，博衣宽带、俊眉朗目的柳梦梅，穿越汤显祖笔下四百多年的时空，款步而来，近距离地游走在观众之间。柳生唱一支"山桃红"："则为你如花美眷，似水流年。是答儿闲寻遍，在幽闺自怜。转过这芍药栏前，紧靠着湖山石边……"杜氏唱一支"懒画眉"："最撩人春色是今年，少甚么低就高来粉画垣，原来春心无处不飞悬。睡荼蘼抓住裙钗线，恰便是花似人心好处牵。"春心萌动的乍见之喜，顾影自怜的淡淡惆怅，皆令人徘徊流连，悠悠然沉浸在古典的浪漫时光里。一个小时的光阴倏忽而过，余音袅袅，不绝于耳。慢慢地走出戏场，抬头只见一面种满绿植的墙面，天光云影，时空迭杳，好一会儿才回过神来。

风筝从未误情缘

观昆曲《风筝误》(七绝)

人间天上两婵娟，

试比才思看纸鸢。

西院无心东院捡，

风筝从未误情缘。

《风筝误》是明代戏曲家李渔《笠翁十种曲》
中脍炙人口的经典戏剧，情节构思精巧，故事新
颖大胆，在两对人物身上都用了云泥之别的鲜明
对比。詹列侯有两个女儿，住在东院的大女儿詹
爱娟体陋貌丑，胸无点墨，低俗浮浪；住在西院
的小女儿詹淑娟体端貌美，知书达礼，聪颖贤淑。
戚补臣有一个亲儿和一个义子，亲儿戚友先是个
长相平庸、作风顽劣的公子哥，义子韩琦仲是个
风度翩翩、才华横溢的好青年。

韩世勋感怀身世，曾在风筝上题诗："漫道风
流拟谪仙，伤心徒赋四愁篇。未经春色过眉际，

但觉秋声到耳边。好梦阿谁堪入梦，欲眠竟夕又忘眠。人间无复埋忧地，题向风筝寄与天。"淑娟以回文韵和诗："何处金声掷自天，投阶作意醒幽眠。纸鸢只合飞云外，彩线何缘断日边。未必有心传雁字，可能无尾续貂篇。愁多莫向穹隆诉，只为愁多谪却仙。"整个故事以题诗风筝的误会和巧合为线索，用趣味生动的曲词、浅显通俗的剧情，写出了两对青年男女的婚恋纠葛，营造出令人发噱的轻喜剧效果。笠翁此剧，说的是物以类聚、人以群分的吸引力法则，道的是缘分天定、佳偶天成的宿命论，但胜在情节设计巧妙，事先暗下伏笔，结构严密完整，顾及前因后果。博人一笑，更是作者写戏的初衷和戏剧的一大卖点，李渔在《风筝误》的最后写道："惟我填词不卖愁，一夫不笑是吾忧。举世尽成弥勒佛，度人秃笔始堪收。"

难抛烂漫故园根

鹧鸪天·观话剧《暗恋桃花源》

一别秋千双廿春，围巾黯淡系旧尘。
风烛病榻惊华发，再见无期憾此身。

多少恨，遁溪津。难抛烂漫故园根。
人生兜转无新意，爱把桃源记作真。

赖声川的经典话剧作品《暗恋桃花源》，是一个具有先锋意识的现代戏。我在电视上和剧场里都曾看过，观剧体验可以用"笑中含泪""悲欣交集"来形容。此调"鹧鸪天"，上片写到了《暗恋》的寻旧，下片写到了《桃花源》的寻梦。思而不见，寻而不得，现实里抱憾的人生往往如此无奈。

《暗恋桃花源》是一个剧中剧，讲述的是由于时间安排有误，一部现代爱情悲剧《暗恋》剧组和一部古装爱情喜剧《桃花源》剧组共用一个舞台排练而造成啼笑皆非的悲喜冲突。《暗恋》讲述了江柳滨和云之凡两个恋人年轻时因战争失散，四十年后重逢于风烛残年的故事；《桃花源》讲述了渔夫老陶发现妻子春花与房东袁老板私通，离家出走后发现桃花源的故事。舞台上是两套戏班子分别在排练，"戏中戏"的设计让观众时而凝神入戏，时而被扰出戏；演至高潮处，两个戏的台词竟可相互衔接，令人捧腹且叹为观止。据赖声川自述，在舞台上表达悲与喜乃是"一体之两面"，他意欲在整个大环境的混乱无序中找到平衡，这也是把精致艺术与大众文化相结合的一种尝试。此剧自 1986 年首次公演以来，三十多年后仍能让人产生情感上的共鸣与思想上的冲击，其魅力可见一斑。

最美人间四月天

观话剧《再见徽因》（七古）

最美人间四月天，春光点染众芳暖。
桥下康河寻旧影，梁上巢垒看新燕。
太太客厅谈锋健，新月社里诗意显。
慧识千年佛光寺，重修一踏祈年殿。
但愁古迹焚战火，恸哭城墙毁夕旦。
风雨何曾败明月，澄光清宇天地远。

　　以林徽因为题材的话剧难得一见，此次在北京西路的云峰剧院，观看了来自浙江话剧团的《再见徽因》。要在短短两个多小时里，剪裁缝合各种素材，演绎出林才女"一身诗意千寻瀑，万古人间四月天"的一生，总免不了仓促之嫌，对艺术家的功力是一种考验。林徽因既是中国第一位女建筑学家，也是一位才气横溢的新月派诗人，理性和感性在她身上结合得不可思议的完美。她的传奇故事早已令我耳熟能详：在"太太的客厅"

里侃侃健谈，被诸多爱慕者众星捧月；不惮艰辛多次造访山西，考察唐代古建筑佛光寺；由于担心古城筑毁于解放战火，与丈夫梁思成提前绘制了文物保护区域地图；亲临天坛修缮现场，成为首个登上祈年殿屋顶的女人；已经肺病缠身，却仍为保留北京古城墙而多次大声疾呼……历史翻过的这一页，仿佛早已烟消云散，然而这个奇女子感时忧国的情怀，却永远留在了史册里。

一叶素袍转蓬身

观纪录片《掬水月在手》(七古)

一叶素袍转蓬身,四合故影念乡根。
旧城地觅叶赫水,玉米田知黍离奔。
别母哭儿追永恨,奈将冷暖寄诗魂。
余阴向晚何处度,天以百凶成词人。
思古通今开新境,西为中用鉴诗真。
轻衾小簟孤寒意,要眇宜修红蕖芬。
隔海蓝鲸犹传语,柔蚕织锦待天孙。
清江袅袅千帆过,雪上偶留屐履痕。

"掬水月在手,弄花香满衣",诗句禅意绵绵,仿佛悄然说道:手指指月指非月,云水无心涵禅心。早在看纪录片《掬水月在手》之前,我已翻遍了古典诗词大家叶嘉莹的讲课录,感慨其坎坷身世,敬重其精神品格,佩服其学问修为,心下默认她为古典诗词最佳入门老师。纪录片除了红渠留芳的主海报以外，还有一张青帛旗袍的海报，丝理素雅、清新别致的旗袍在风中拂动的镜头也一再出现，是传统文化的象征，还是飘零人生的喻指？有点耐人寻味。导演借助秦砖汉瓦、铜镜壁画、荷塘雪地之类的镜头，想向世人传达诸多诗意的想象。

此诗前八句描写的是叶先生颠沛流离的人生：身为蒙古裔旗人的她自幼长于北京四合院，曾有黍离之悲的叶赫古城之旅，历经迫害，辗转海外，饱尝丧母失女之痛，丈夫又遭受牢狱之灾……王国维在《人间词话》写的这一句"天以百凶成就一词人"，正是她磨难人生的真实写照。她也曾说，"诗词的研读并不是我追求的目标，而是支持我走过忧患的一种力量"。后八句写她对诗词的钟爱，是她将古典文化做了现代诠释，又将西学理论引入词学研究。在欣赏朱彝尊"小簟轻衾各自寒"时，她指出，词区别于诗的一大特征即在于深隐幽微的"要眇宜修"之美，并创造性地提出了隐忍持守的"弱德之美"。她出版了口述回忆录《红蕖留梦》，自述"莲实有心应不死，人生易老梦偏痴"；她期待蓝鲸隔洋传语、传承诗词余脉，"遥天如有蓝鲸在，好送余音入远波"；她一生践行诗教、桃李天下，"柔蚕老去应无憾，要见天孙织锦成"。纪录片的结尾意境蕴藉，千帆过尽的清江，白雪覆盖的大地，令人联想到明知人生苦短如飞鸿雪泥，但亦当勉力留下一点爪痕，这应该就是叶先生的夙愿吧。

风雅求无涯

读《梅谱·序》有感（五绝）

阔绰范成大，
拆房种梅花。
风凉非所虑，
风雅求无涯。

南宋诗人、石湖居士范成大，一生酷爱梅花，写成一部《范村梅谱》。这是我国最早的一部记梅专著，其序云："梅，天下尤物。无问智贤愚不肖，莫敢有异议。学圃之士，必先种梅，且不厌多。他花有无多少，皆不系重轻。余于石湖玉雪坡，既有梅数百本，比年又于舍南买王氏僦舍七十楹。尽拆除之，治为范村。以其地三分之一与梅。吴下栽梅物盛，其品不一，今始尽得之。随所得为之谱，以遗好事者……"他将买下的七十间房舍全部拆除，以其中三分之一的土地面积栽种了梅树。听闻他风雅得如此豪气，我不免惊呆了，随手涂抹了此首小诗，对这位爱梅成痴的风雅之士、性情中人聊表敬意。

86

窈窕鲜阳漾影长

观莫奈画《日出·印象》(七绝)

早雾濛濛迷海港，
小舟曳曳动波光。
桅杆错落摇空靛，
窈窕鲜阳漾影长。

　　这一天我携两儿去上海外滩 Bund One Art
Museum，观看莫奈"日出·印象"真迹展。这次
展览汇集了九幅莫奈的旷世真迹，最有名的还属
巴黎马尔莫丹艺术馆的镇馆之宝"日出·印象"，
印象画派的开山之作。这是莫奈于 1872 年在勒阿
弗尔港口创作的一幅油画，画中描绘了晨雾笼罩
中的日出海港的景象。难得来一次外滩，释放自
由的心情，我们在路上闲逛的时间，竟超过了逛
画展的时间。气寒风骤，两个孩子裹着厚厚的红
衣服，戴着防护口罩，好奇地跟着我在艺术馆里
挤来挤去。在我的敦促下，他俩在"日出·印象"

大海报旁边留了几张合影。此时，两个孩子的红衣服，恰如画上最鲜亮的那一轮新生红日，在我心底里留下了高光的一刻。

孤月隐见浮云还

读《空谷幽兰》(四言)

终南何有？空谷幽兰。

不知魏晋，但晓林泉。

孤月隐见，浮云去还。

素心若昧，尘滓无染。

寄体天地，如露如电。

修德于己，道法自然。

《空谷幽兰》这本出版于 2009 年的书，自从在电视剧《欢乐颂 2》里的赵医生手边出镜以后，竟然再度走红。此书记录了美国汉学家比尔·波特于 20 世纪八九十年代在中国终南山寻访现代隐士之旅。空谷幽兰，喻指品行高雅的隐逸之士。此书原名 *Road to Heaven*，然其译名之美远超原名，令人经久不忘。

作者真实寻访到的那些隐士，并不像我们想象中的那样，过着世外桃源般的理想生活，他们往往忍受着常人难以想象的、深重的孤独与贫寒，栖身于僻静无人之处，有些人甚至面临着疾病缠身和死亡威胁。他们耽林泉之志，为烟霞之侣，摒弃名利，离群索居，吃住简陋，夙兴夜寐地修行。生命是短暂的，就像一道闪电，或者一个梦。百年光阴如朝露，人们出生了，然后又死去。我们与我们所在的物质世界一样，不过是气的短暂聚合又流散。现代隐士保留着古老的精神传统，摒弃杂念，潜心修德，以求得道，因为只有真正的德才会通向真正的道。而道，就是我们生于斯、归于斯的那个"无"，他们的目标就是要与这个自然的过程融为一体。

诗书留胜迹

月夜读古诗（五古）

今夕何所有，玉镜正悬空。
皓色盈千里，临窗洒几丛。
诗书留胜迹，人事已随风。
渺渺追遗韵，迢迢路万重。

夜晚，就着一轮明月读诗书，银盘皓色，千里澄辉，一切都通透起来，一切又都恍惚起来。从时空那头穿越而来的诗，每一个字里都是一个跳跃的精灵。那些遥远的诗人和时代，此刻仿佛近在眼前，伸出手去，忽又渺渺不见。书中颇有几张诗人的坐姿小像，李白、杜甫、孟浩然，虽是以白描线条勾勒而成，却也风神潇洒、散淡从容。时光掳走了以往的人和事，但留下了诗的痕迹，表示他们来过、活过、爱过。我们幽思怀古，我们追寻遗韵，然而，无奈，区区岂尽高贤意，独守千秋纸上尘。

趣豪涉笔见奇闻

读《东坡志林》（七古）

趣豪涉笔见奇闻，行止合时似起云。
石塔无缝容蝼蚁，江山有闲做主人。
承天寺寻竹月影，松风亭望熟歇津。
绝粮儋耳思辟谷，赴诏湖州累诗频。
白水颓然难复寐，青庐偃塞不相亲。
忍听黄鸡唱白发，犹忆贤者聚吴分。
无事早寝皆良药，车肉存胸未为珍。
人间春秋深似梦，一宵风露啖甘辛。

　　这里引用了苏轼《东坡志林》里的多则笔记。东坡先生将所见所闻的江湖轶事随手写来，如行云流水，"行于所当行，止于所不可不止"，长短不拘，颇见豪趣。笔记内容驳杂，包罗万象，如游记、时政、美食、怀古、看病、算命、古玩、怪谈……放到今天，他就是一个有趣的段子手。

"别石塔"篇，内含禅机：石塔浑然一体、坚实无缝，而砖塔有缝，乃可容世间蝼蚁。"临皋闲题"篇，江山风月本无常主，闲者便是主人。

"记承天夜游"篇，东坡深夜不眠，寻友张怀民相与步行中庭，闲赏明月竹柏，真性情中人也。"记游松风亭"篇，东坡寓居惠州嘉祐寺，纵步松风亭下，足力疲乏而亭尚未至，良久忽悟，当此进退两难时，不妨在路上熟歇。

"辟谷说"篇，东坡被贬儋耳，有绝粮之忧，故想到道家之辟谷，个中辛酸令人感喟。"书杨朴事"篇，东坡知湖州，刚上任即被捕，其诗被诬为诽谤朝廷之作，此为著名的乌台诗案。

"游白水书付过"篇，东坡与幼子苏过游白水佛迹寺，循山折水，雪溅雷怒；暮归月出，饮酒食菜，顾影颓然，不复甚寐。"记游庐山"篇，东坡初入庐山，奇秀之处目不暇接，遂为绝句"青山若无素，偃蹇不相亲，要识庐山面，他年是故人"。

"游沙湖"篇，东坡在黄州沙湖买田其间，与聋医庞安常同游清泉寺，见王羲之洗笔泉，下临兰溪，他在《浣溪沙》写道，"谁道人生无再少？门前流水尚能西，休将白发唱黄鸡"。"记游松江"篇，忆七年前夜半月出，三五友人于垂虹亭畔饮酒赋诗，醉乐欢甚，张先在《定风波》中有云，

"见说贤人聚吴分，试问，也应傍有老人星"，如今追思曩时，直如一梦。

"赠张鹗"篇，张鹗求养生方，东坡为其开四味药：无事当贵，早寝当富，安步当车，晚食当肉。从容步行，饿了再吃，此可称为安贫固穷，但在道德修养方面仍未达标，因为心中还未忘掉乘车和吃肉。

"世事一场大梦，人生几度秋凉"，东坡在历尽困苦后写出了对生命的感悟和省思，《东坡志林》体现出他心灵世界的丰富与有趣。

咏马才思动鬼神

读李长吉诗（七古）

庞眉巨鼻苦吟身，昌谷集成欲断魂。
古破锦囊收诗料，咏马才思动鬼神。
宵寒药浓垂翅客，衰草经风唐室孙。
恨血千年土中碧，少年心事当拿云。

陈允吉、吴海勇所撰的《李贺诗选评》，篇幅不长，语言精炼，对李长吉的性格、思想、平生境遇、作品特质等却有相当不俗的见解，可见作者的功底。

从小羸弱多病的李长吉著有《昌谷集》。他在《巴童答》一诗中，自述相貌不佳、耽于苦吟，"巨鼻宜山褐，庞眉入苦吟"。清人叶衍兰在《李长吉集跋》评曰："李长吉诗如镂玉雕琼，无一字不经百炼，真呕心而出者也。"李商隐在《李长吉小传》记曰"恒从小奚奴，骑巨驴，背一古锦囊，遇有所得，即书投囊中"，及暮归家再重新整理提炼。

李长吉的诗作中提到马的达 83 首之多,有学者慧眼指出,他乐于借马抒怀的主要原因是生肖属马。在仅有的 27 年生命里,他遭受了仕途挫折,在《昌谷读书示巴童》中云"虫响灯光薄,宵寒药气浓。君怜垂翅客,辛苦尚相从",自喻为斗败垂下翅膀的禽鸟。李长吉徒具唐诸王孙之名,实际境遇不胜寒伧迫蹙,这一名实脱节所造成的心理障碍,造成他性格上虚荣、天真、高傲、落落寡合的特质,比如他重视心灵体验,疏于与人交往,明明落拓穷愁,却还要摆空架子。他未曾受过系统的儒家传统教育,而是以道书与佛典作为精神养料,因此作品缺乏经世致用的社会意义,显得理性审度不足而感性宣泄有余。诗人的敏感早熟,亦决定了其诗歌忧郁、苦闷的基调;然而感情醇厚、辞采浓烈、意象奇崛、神气回荡的诗作,又使他登上诗歌天才的宝座。以上这些都道出了我前所未闻的李长吉的形象。

"恨血千年土中碧""少年心事当拿云"为李长吉的两个名句,是他心比天高、在现实中郁郁不得志的鲜明摹写。面对这样的天才诗人,我已词穷,实在想不出更恰当更有力的豹尾,便以此两句作结。

罗裙霞帔织锦绣

读《中国妆束：大唐女儿行》（七律）

花事皆随年月尽，千秋尚可觅残红。
罗裙霞帔开生面，堕髻柔鬟试别丛。
笑靥施朱轻似梦，雕钗弄玉袅含风。
女儿自古惜颜色，苦恨年年伤镜中。

这是"中国妆束"系列中描写唐朝女性服饰的一册书。在繁荣开放、活跃浪漫的唐代，女子装束也空前地呈现出姹紫嫣红的自由景象。作者结合了文物考古和史料记载加以解读，翔实可信；书中所绘的唐朝美女，身姿丰腴秾丽，装束绚烂多彩。看到这样图文并茂的书，不啻于欣赏了一场大唐女子时装秀，令人爱不释手。

"虽然这妆束的花事早已随岁月落尽，但千载之后静绕珍丛底，于钗钿堕处尚能觅几片残红"，序中的几句话令我悄然动容，遂有了此诗。诗中的三四五六句，分别对应了全书的绮罗、髻鬟、粉黛、琳琅四篇。云想衣裳花想容，作为女子，谁不想拥有美丽的容颜和衣裳呢。只是，无论香泽的粉黛、绮丽的华服，还是璀璨的首饰，都无法阻挡岁月流逝的脚步，无法改变造物主的捉弄。盛年方及期，衰年已迫近，菱镜渐笑人憔悴，徒有素丝悲秋风。

承起唐音转宋调

读朱东润《梅尧臣传》（七古）

人间诗癖梅都官，喷嚏虮蛆俱可言。
承起唐音转宋调，譬如橄榄真味传。
力挫桑濮西昆体，重扬刺美风雅篇。
痛惜陶者无片瓦，深惭贫女泣苍天。
儒生慷慨谋兵胜，才命汩没未甘闲。
终嗟青衫覆白发，惟赖清樽磨穷年。

《梅尧臣传》是传记文学家朱东润的作品，描述了北宋诗人梅尧臣的身世遭遇，剖析了梅诗的创作特色和成就，也记载了他与当时文坛名流唱和往来的轶事。梅尧臣，字圣俞，又称宛陵先生，得叔父梅询官荫入仕，做个闲散小官，经常穷愁潦倒；科举屡考不中，五十岁方得仁宗赐同进士出身，后任尚书都官员外郎，世称"梅都官"。

尧臣早年受到"西昆体"诗风的影响，后赞成欧阳修的诗文革新，对浮艳空洞的诗风进行了激烈批判。他强调诗骚的刺美讽谏传统，主张诗歌因事而发、以物寄兴，在艺术形象中蕴含意义，表现真情实感，即"因事有所激，因物兴以通"。他的《陶者》一诗脍炙人口："陶尽门前土，屋上无片瓦，十指不沾泥，鳞鳞居大厦。"他的《田家语》《汝坟贫女》继承了杜甫《三吏》《三别》关心民生疾苦的现实主义精神。他的诗作得到了南宋诗人刘克庄的极力称誉："本朝诗惟宛陵为开山祖师，宛陵出，然后桑濮之哇淫稍息，风诗之气脉复续。"

在艺术方面，梅尧臣注重诗歌的形象性、意境含蓄等，提倡"状难写之景，如在目前；含不尽之意，见于言外"的标准。"霜落熊升树，林空鹿饮溪""野凫眠岸有闲意，老树着花无丑枝"是他诗中清新可人的句子。

生活的困苦、坎坷的仕途、写实主义的诗歌主张，使得尧臣成了一名"穷而后工"的诗人，练就了清切苦硬的诗风。密友欧阳修评梅诗曰："文词愈清新，心意虽老大，譬如妖韶女，老自有余态。近诗尤古硬，咀嚼苦难嗕，初如食橄榄，真味久愈在。"现代学者钱钟书在《宋诗选注》中，对梅诗的评价更是几近刻薄，"他'平'得常常没有劲，'淡'得往往没有味。他要矫正华而不实、大而无当的习气，就每每一本正经地用些笨重干燥不很像诗的词句来写琐碎丑恶不大入诗的事物，例如聚餐后害霍乱、上茅房看见粪蛆、喝了茶肚子里打咕噜之类。可以说是从坑里跳出来，不小心又恰恰掉在井里去了。"尧臣确实提出了"平淡"这一艺术标准，"作诗无古今，惟造平淡难"，但这可理解为他对过分追求浮丽词藻诗风的一种反驳，并非他对诗歌内容的主张。在诗的精神内核上，尧臣还是追求杜甫、韩愈式的刺美文学，从而体现以诗为谏的政治关怀及忧患意识。身为儒生的他却曾为《孙子兵法》作注，这一点也可以体现他素来保国安民的志向。

动手植来满院芳

读《鲁迅草木谱》(七律)

榆梅柏杏紫丁香，动手植来满院芳。

棠棣依依偏有阅，幽兰簇簇欲思狂。

槐荫盛夏留光隙，枣树深秋伴夜凉。

血泪桃花何必看，一枝一叶断人肠。

薛林荣《鲁迅草木谱》一书，从草木意趣角度来洞悉鲁迅的内心世界，显得别具一格。鲁迅有着很深的草木情结，对百草园植物的偏爱跃然纸上。从塾师寿镜吾的次子寿洙邻对三味书屋的描述可知，园中花木有修竹、大木樨、大天竹、素心蜡梅、翠柏、藤萝、大绣球花、芭蕉、秋海棠、萱槿等，不比周家的百草园差，只是鲁迅此时"自恃甚高，风度矜贵"，集中精力学习，所以对园子的印象不深。

周氏兄弟的名字皆与树木有关，周树人原名周樟寿，周作人原名周櫆寿，周建人原名周松寿，还有一个早夭的四弟叫周椿寿。周建人在《早年学科学追忆》中谈到，因为老大老二都到外面念书去了，他只好留在家里照顾年老的母亲，"那时鲁迅在日本，鼓励我自学植物学。因为他说，学习别的科学，都需要一定的实验设备，自学是比较困难的。但植物随处都有，可以自己采集标本，进行分类研究"。鲁迅在浙江两级师范学堂任教期间，经常带领学生上山采集植物标本。他还手抄过《南方草木状》《园林草木疏》《何首乌录》《竹谱》《笋谱》《洛阳花木记》等数十种花木古籍。鲁迅还给自己的小说设计了气质相配的树木，如《药》中的杨柳、《风波》中的乌桕树、《高老夫子》中的桑树、《铸剑》中的杉树林等。

1917 年张勋复辟失败后，鲁迅和钱玄同关于"铁屋子"的对话，正是在盛夏的槐树下进行的。这棵槐树见证了笔名"鲁迅"的诞生，酝酿着新文学的第一声呐喊。

1923 年 7 月，周树人和周作人兄弟失和。《论语·子罕》引用了《诗经》的逸诗："棠棣之华，偏其反而，岂不尔思，室是远而。"棠棣，常用以比喻手足之情，古人多指"郁李"这种蔷薇科落叶灌木。"棠棣之花，萼胚依依"，棠棣的花萼和花苞互相依靠，恰似早期的周氏兄弟。

1924 年，鲁迅发表了一篇抒情散文《秋夜》，伊始写道："在我的后园，可以看见墙外有两株树，一株是枣树，还有一株也是枣树。"这个开头营造了一种孤寂悲凉的感觉。

1931 年 2 月 7 日柔石等革命者被国民党反动派秘密杀害于上海龙华警备司令部。鲁迅一时还未能获悉，但对其悲惨结局已有预感。他赋一绝句赠友："椒焚桂折佳人老，独托幽岩展素心。岂惜芳馨遗远者，故乡如醉有荆榛。"

1936 年 4 月 15 日，鲁迅写给颜黎民的信中谈及龙华桃花，"说起桃花来，我在上海也看见了……至于看桃花的名所是龙华，也有屠场。我有好几个青年朋友就死在里面，所以我是不去的"。

侠气隐潜文脉渊

惊闻金大侠仙逝恸吟（七古）

海宁名门儒风厚，侠气隐潜文脉渊。

少年锋芒初露世，仗义执言江湖间。

金鳞岂是池中物，奋笔疾书意凛然。

飞雪连天射白鹿，笑书神侠倚碧鸳。

刀光剑影非所愿，功名利禄若云烟。

扶危济困英雄胆，酒意诗情谁与欢。

侠之大者臻极境，为国为民解倒悬。

倏忽一朝化身去，独留义气上云天。

秋风切切深寒意，念汝不归恸泪潸。

　　听闻金庸病逝的消息，真如平地轰雷，金大侠"大闹一场，悄然离去"，为了纪念他曾给我们带来的精神滋养，遂涂此诗。金先生的武侠小说脍炙人口，几乎无人不晓，就算不是武侠迷也能愉快地聊上几句。最开始接触金庸武侠，是初中时迷上了黄日华、翁美玲主演的电视剧《射雕英雄传》，居然可以一边做作业一边津津有味地看。"东邪、西毒、南帝、北丐、中神通"五大宗师的混名，暗喻五行属性，奠定了武侠世界的基本格局。大学时，电视剧《天龙八部》正在热播，我惊讶地感叹"想不到世上还有这么精彩的武侠"。此剧以佛教术语取名，显出神秘的意味；整个故事有三个主人公，篇幅宏大，纵横捭阖，荡气回肠，极富想象力，令人回味无穷。

关于武与侠，金庸解释为"武功是可以练的，侠义之气却是与生俱来，人品高下，由此而分"。海宁查家是当地的名门望族，据说金庸祖父查文清就极富侠义精神，他在任知县时，不惜放走"丹阳教案"中无辜受害的百姓，自己却辞官回家。金庸写韦小宝时，将"侠"字演绎至极境。其他小说的主人公都有绝世武功，韦小宝不但毫无武功，浑身还透着无赖泼皮的气质，但他骨子里也有着锄强扶弱、悲天悯人的侠气。金先生是用这个人物来告诉我们：当大侠其实也没那么难，武侠之重点，在侠不在武。

扶危济困、除暴安良的侠义之举，解决的仅是江湖纷争，而金庸还把侠义精神提到了"侠之大者，为国为民"的高度，其格局之大，史无前例。在《天龙八部》里，他不再局限于写狭隘的民族矛盾，而更多地倾向于民族和平这个更广阔的视角。乔峰不惜以个人生命的牺牲，来换取宋辽两国数十年的和平，这个人物的胸襟气魄显得气吞山河。

珍珑弈人心

金庸展即景（五绝）

纸墨浮侠影，珍珑弈人心。

琴箫啸竹巷，刀剑寄武林。

  上海图书馆浦东分馆自开放以来，入馆预约一直非常火爆，一席难求。好容易预约到这次公益性质的金庸展，同时趁机打卡了图书馆。一进展厅门，迎面就是一幅金先生坐在书架前的大海报，温和的他戴着眼镜，脸上笑眯眯的，仿佛正在欢迎我们的到来。侧面是他创作的十五部武侠小说。展览参照香港文化博物馆金庸馆的布置，设置了"大侠足迹""金庸的武侠世界""影视和文娱世界的金庸现象""百年金庸"四大主题展区，展品包括他的手稿、印章、照片、画作、棋盘、小说版本等，现场还仿制了金庸小说中的一些物品，如寒玉床、倚天剑、屠龙刀、《四十二章经》等。

现场布置了"绿竹巷",观众在参观之余,还可戴上白纱斗笠,穿好大红披风,拍下在竹案前抚琴的照片。展厅还布置了一面巨大的珍珑棋局,这是《天龙八部》里的经典桥段。无崖子设珍珑棋局 30 年,江湖中无人能破。段誉情根深种,不忍弃子;慕容复权欲过盛,不肯失势;段延庆一念执着,无法自拔。惟独虚竹这个小和尚,为了出手救人而胡乱闭眼放棋,不惜自杀大片,却无意中撞开了棋局,获得无崖子 70 年的内力,并被授予逍遥派掌门人的位置。人生如棋,有舍有得,"珍珑弈人心",金庸无疑写出了以棋为镜、映射人心的深刻意味。

卷四　二十四节气

秋日游园，偶逢一棵红透了的乌桕树，一些诗句便幽幽然浮于眼前，"日暮伯劳飞，风吹乌桕树""门前乌桕树，霜月迷行处""乌桕赤于枫""乌桕千株照眼红"。大自然和人类经验的复合联结，为我们创造出了时空交叠的微妙体验。"十五日为一节，以生二十四时之变"，作为人们对气象特征和农事活动的简明概括，二十四节气无疑是我们体验光阴流转、季节暗换的自然驿站。

立春：盘中忽见九分春

浣溪沙

懒向枝头觅叶新，闲来困意卷如云。惊觉一日已黄昏。

谁比蠹鱼更漏苦，但尝鲈鳜配菇珍。盘中忽见九分春。

从元月初七开始连上七天班，整个人疲惫不堪。好容易盼到周末，不仅早晨可以晚起，白天倦意来袭时，也可即刻孵被窝，自由自在。外面阳光不错，但是懒得出门，还是在家里当一枚蠹鱼吧。未去户外寻春，就在盘子里"咬春"吧，就真的下单买了两条鱼，一条是桃花流水的鳜鱼，一条是江上往来的鲈鱼。家里看书、刷手机、吃零食，一晃神惊觉已是黄昏时分，假日总是太匆匆。

立春为四时之始，春回大地，万物复苏。历代不少诗人写到了立春，如唐李远《立春日》：

"暖日傍帘晓，浓春开箧红。钗斜穿彩燕，罗薄剪春虫。巧著金刀力，寒侵玉指风。娉婷何处戴，山鬓绿成丛。"宋白玉蟾《立春》："东风吹散梅梢雪，一夜挽回天下春。从此阳春应有脚，百花富贵草精神。"宋张栻《立春偶成》："律回岁晚冰霜少，春到人间草木知。便觉眼前生意满，东风吹水绿参差。"南宋白玉蟾《立春》："东风吹散梅梢雪，一夜挽回天下春。从此阳春应有脚，百花富贵草精神。"

立春在古时被认为是一个重要的节日。宋苏轼《减字木兰花·立春》一词记载了立春的民俗："春牛春杖，无限春风来海上。便与春工，染得桃红似肉红。春幡春胜，一阵春风吹酒醒。不似天涯，卷起杨花似雪花。"古籍中也有记载，梁代宗懔《荆楚岁时记》："亲朋会宴，啖春饼、生菜，贴宜春字，剪彩为燕戴之。或错缉为幡胜，谓之春幡。"清潘荣陛《帝京岁时纪胜》："新春日献辛盘。虽士庶之家，亦必割鸡豚，炊面饼，而杂以生菜、青韭芽、羊角葱，冲和合菜皮，兼生食水红萝卜，名曰咬春。"

雨水：濛濛春树漫垂缨

江城子

濛濛春树漫垂缨，碧波生，水禽鸣。梅云缭绕，桃雾胜霞明。料峭春寒风难定，忽儿雨，忽儿晴。

鲚鱼鲜嫩要清蒸，荠盘青，笋成羹。何妨忘却，尘事最劳形。适意莫如行古乐，浮大白，看花英。

濛濛这两个字，展现了枝条萌发嫩芽的浓密感，又有微雨洒落大地的细茸感，春树如同垂着青丝络缨，美得不可方物。春天是有声有色的，除了明艳的梅林、俏丽的桃林，还要添上涌动的泉水、啼鸣的春禽。忽寒忽暖，阴晴不定，那是春的娇脾气，但只因颜值高么，就算"作"一点，也显娇媚可爱。刀鱼、荠菜、春笋，那是春的美味，食之令人肌骨清灵、浑然忘俗，不禁想效仿古人，抛弃尘俗事，快意浮大白。

元吴澄《月令七十二候集解》："立春后继之雨水，且东风既解冻，则散而为雨矣。"雨水节气，天气乍暖还寒。"春雨贵如油"，在这草木萌动、春耕繁忙的时节，蒙蒙细雨，润物无声，对农作物的生长很重要。写雨水的诗，有唐韩愈《初春小雨》："天街小雨润如酥，草色遥看近却无。最是一年春好处，绝胜烟柳满皇都。"唐杜甫《春夜喜雨》："好雨知时节，当春乃发生。随风潜入夜，润物细无声。野径云俱黑，江船火独明。晓看红湿处，花重锦官城。"宋元稹《咏廿四气诗·雨水正月中》："雨水洗春容，平田已见龙。祭鱼盈浦屿，归雁过山峰。云色轻还重，风光淡又浓。向春入二月，花色影重重。"宋邵雍《春雨吟》："春雨细如丝，如丝霡霂时。如何一霑霈，万物尽熙熙。"

惊蛰：满树雀虫鸣

少年游

春雷乍动众蛰惊，万物此间兴。山茶
苞醒，蔷薇芽酿，满树雀虫鸣。

指尖起落如珠玉，相对坐闲听。一曲
泠泠，似迎流水，门外暖风轻。

惊蛰时节，春雷乍动，大地回暖，蛰虫萌动，
是万物生长的大好时光，也是人们开始春耕的时
候。到外面随便走一走，就可以看到山茶花朵累
累满树，蔷薇花芽迎风摇摆，树上雀虫都活跃起
来了，啼鸣声此起彼伏，令人欢欣鼓舞。在这样
温暖的天气里，陪小朋友去琴行，坐在一旁，看
他稚嫩的小手在黑白键上起起落落；他的指尖像
小颗珠玉一样浑白圆润，清脆的音符也像珠玉一
样从指尖滚落。门外一阵风，像扫地似地簌簌吹
过，都是轻轻暖暖的。

古人在诗词提到了惊蛰，如晋陶渊明《拟古

九首之三》："仲春遘时雨，始雷发东隅。众蛰各潜骇，草木纵横舒。"唐韦应物《观田家》："微雨众卉新，一雷惊蛰始。田家几日闲，耕种从此起。"宋范成大《忆秦娥》："浮云集。轻雷隐隐初惊蛰。初惊蛰。鹁鸠鸣怒，绿杨风急。玉炉烟重香罗浥。拂墙浓杏燕支湿。燕支湿。花梢缺处，画楼人立。"

春分：遥看横天北斗星

减字木兰花

春失已半，桃李不知空烂漫。试问天涯，何日东风还送家。

侧寒斜雨，独倚危楼眉暗苦。散瘴须晴，遥看横天北斗星。

不知不觉已到春分，意味着春天已过一半，枝头的花朵还是不知疲倦地一朵接着一朵绽放。东风什么时候能将遥远的家人吹送回来呢，未能与之共赏这一份春光，心里还是有点遗憾的。傍晚时分，小雨微寒，倚在阳台栏杆上，期盼能早日天晴，好欣赏夜空的北斗星。

春分，在天文学上是一个意义重大的日子。阳光直射赤道，南北半球昼夜平分，此后阳光直射位置便会逐渐北移，北半球白昼开始长于黑夜，南半球则与之相反。春分前后可以欣赏北斗星。在中国传统文化中，北斗七星有着崇高的地位，自古有"斗为帝车"之说，意为天帝坐着北斗检阅四方。从勺口开始，这七颗星的名字分别为天枢、天璇、天玑、天权、玉衡、开阳、摇光。天枢和天璇被称为"指极星"，因为将它们的连线延长五倍就能找到北极星。

古诗中写春分的诗词，如唐徐铉《春分日》："仲春初四日，春色正中分。绿野徘徊月，晴天断续云。燕飞犹个个，花落已纷纷。思妇高楼晚，歌声不可闻。"宋苏轼《癸丑春分后雪》："雪入春分省见稀，半开桃李不胜威。应惭落地梅花识，却作漫天柳絮飞。不分东君专节物，故将新巧发阴机。从今造物尤难料，更暖须留御腊衣。"

传说春分这一天，民间还流行着有趣的"立蛋"游戏，因为此日是阴阳平衡的日子，最容易把鸡蛋竖起来。

清明：陌上花开肥复瘦

渔家傲

无雨清明凉意漏，栖居偃仰昏犹昼。近倚危阑凝望久。风满袖，盆中青绿腰微抖。

熟藕糯团食未够，思接介子云折柳。陌上花开肥复瘦，没能嗅，闲着春色空如旧。

今年清明节我们停工居家，没法出门踏青，辜负了一片大好春光。每天在昼犹昏、俯仰起合，眼前能够欣赏的，只有迎风摇曳的阳台绿植。踏青折柳网上看，青团红藕梦中尝，所幸小区团购足够强大，绝无介子推的深山之饥。陌上花开复花落，浸在春光里寂寞透了的是它们，窝在家里寂寞透了的是我们。

清明的本色，应该是气清景明，万物皆显，清富察敦崇《燕京岁时记》："又岁时百问云，万物生长此时，皆清净明洁，故谓之清明。"清明和寒食原本是两个不同的节日。寒食节要吃冷食，此习俗源于周朝禁火节的旧制，晋文公纪念介子推是后来附会的传说。由于清明和寒食都有扫墓祭祖的意义，渐渐就被人们合并成一个节日。宋孟元老《东京梦华录》："清明节，寻常京师以冬至后一百五日为大寒食。前一日，谓之'炊熟'，用面造枣锢、飞燕，柳条串之，插于门楣，谓之'子推燕'。"

清明风俗主要有扫墓、踏青、插柳、放风筝等。清潘荣陛《帝京岁时纪胜》："清明扫墓，倾城男女，纷出四郊，担酌挈盒，轮毂相望。各携纸鸢线轴，祭扫毕，即于坟前施放较胜。京制纸鸢极尽工巧，有价值数金者，琉璃厂为市易之。清明日摘新柳佩带，谚云：'清明不带柳，来生变黄狗。'"清顾禄《清嘉录》："清明日，满街叫卖杨柳，人家买之插于门上。农人以插柳日晴雨占水旱，若雨主水。谚云：'檐前插柳青，农夫休望晴。'"清明还有吃青团莲藕的食俗，至今长盛不衰。明郎瑛《七类修稿》卷四十三："古人寒食采桐杨叶，染饭青色以祭，资阳气也。今变而为青白团子，乃此义也。"清徐达源《吴门竹枝词》："相传百五禁烟厨，红藕青团各荐先。熟食安能通气臭，家家烧笋又烹鲜。"清袁枚《随园食单·青糕青团》："捣青草为汁，和粉作粉团，色如碧玉。"

　　古诗写到清明的，如唐杜牧《清明》："清明时节雨纷纷，路上行人欲断魂。借问酒家何处有？牧童遥指杏花村。"北宋王禹偁《清明》："无花无酒过清明，兴味萧然似野僧。昨日邻家乞新火，晓窗分与读书灯。"北宋黄庭坚《清明》："佳节清明桃李笑，野田荒冢自生愁。雷惊天地龙蛇蛰，雨足郊原草木柔。人乞祭余骄妾妇，士甘焚死不公侯。贤愚千载知谁是，满眼蓬蒿共一丘。"

谷雨：牡丹花季滋新黍

渔家傲

云日阴阴催落雨，牡丹花季滋新黍。络络青丝繁碧树。偏幽处，樊笼深锁黄鹂语。

两鬓飞蓬盈月许，倚窗谩理金衣句。更尽杯盘茶果薯。休理去，人言来往如粘絮。

不知不觉，已到了谷雨的暮春节气，因为疫情居家，我经月未剪的头发渐长及肩，首如飞蓬，一如窗外的树荫，浓密厚深。晒个太阳，吃个茶点，整理一下往日写就的诗句，摒弃外来信息的肆意打扰，头脑保持虚而不盈的状态，心灵便会渐渐从不安重归宁静，樊笼里的时光也可以过得有滋有味。

谷雨蕴涵"雨生百谷"之意，是春季的最后一个节气。田中的农作物得到雨水的滋润，方能茁壮成长。元吴澄《月令七十二候集解》："三月中，自雨水后，土膏脉动，今又雨其谷于水也。雨读作去声，如'雨我公田'之雨，盖谷以此时播种，自上而下也。"写谷雨时节的诗，如宋范成大《晚春田园杂兴》："谷雨如丝复似尘，煮瓶浮蜡正尝新。牡丹破萼樱桃熟，未许飞花减却春。"宋黄庭坚《见二十弟倡和花字漫兴五首其一》："落絮游丝三月候，风吹雨洗一城花。未知东郭清明酒，何似西窗谷雨茶。"

谷雨前后也是牡丹花开的重要时段，因此牡丹又称"谷雨花"。清顾禄《清嘉录》："牡丹花俗呼谷雨花，以其在谷雨节开也。谚云：'谷雨三朝看牡丹。'……蔡云《吴歈》云：'神祠别馆筑商人，谷雨看花局一新。不信相逢无国色，锦棚只护玉楼春。'"但是有一种名字奇特的白花牡丹叫"一百五"，古名"灯笼"，早在寒食节就开花了，从冬至后一百零五天即为寒食，此为花名的来历。仅次于一百五、也在谷雨前开的牡丹名叫"探春球"。

南方地区有"谷雨采茶"的习俗，明许次纾《茶疏》："清明谷雨，摘茶之候也。清明太早，立夏太迟，谷雨前后，其时适中。"清明采茶略嫌早，茶味不足；立夏采茶有些晚，口感不好。谷雨采茶正当时，茶色翠绿、叶质柔软，称为"雨前茶"。

立夏：窈眇兰馨隔院好

清平乐

棟花香老，立夏荷风到。窈眇兰馨隔院好，闲了晴丝袅袅。

榴裙箱底深藏，胭脂晕染新芒。翰墨殷勤记省，莫教辜负年光。

江南自春至夏，有二十四番花信风，梅花为首，棟花为终，之后便是立夏，"十分春色今无九"。户外晴光万道，此时应是繁花馨香、蚕吐蛛织的热闹景致，可惜皆为咫尺天涯，我们依然待在家里。从另一个角度看，"窈眇兰馨隔院好"，距离带来了更多的美感，尽管这也是人生的幻象之一。还好去年囤了几条自以为好看的裙子，今年可以不用费脑筋，只是还缺少拿出来穿的兴致，还是先压箱底吧。开心的是，团购到一箱小朋友极爱吃的贵妃芒，果皮绚烂犹如搽了红黄胭脂，味道尝起来鲜洁甜酸，晚上睡在这个放贵妃芒的房间里，好像连梦也被熏得有果香了呢。居家的日子不能闲过，正好勤动笔墨，学思结合，有空还可拾起生活的小趣味。

立夏，是夏季的第一个节气，又称"春尽日"。气温升高，雷雨增多，万物生长进入旺季。元吴澄《月令七十二候集解》："立夏，四月节。立字解见春。夏，假也。物至此时皆假大也。"古人写过的立夏诗，如唐韦应物《立夏日忆京师诸弟》："改序念芳辰，烦襟倦日永。夏木已成阴，公门昼恒静。长风始飘阁，叠云才吐岭。坐想离居人，还当惜徂景。"北宋司马光《四月十三日立夏呈安这》："留春春不住，昨夜的然归。欢趣何妨少，闲游勿怪稀。林莺欣有吒，丛蝶怅无依。窗下忘怀客，高眠正掩扉。"南宋陆游《立夏》："赤帜插城扉，东君整驾归。泥新巢燕闹，花尽蜜蜂稀。槐柳阴初密，帘栊暑尚微。日斜汤沐罢，熟练试单衣。"宋赵友直《立夏》："四时天气促相催，一夜薰风带暑来。陇亩日长蒸翠麦，园林雨过熟黄梅。莺啼春去愁千缕，蝶恋花残恨几回。睡起南窗情思倦，闲看槐荫满亭台。"

立夏有喝新茶、吃面食的习俗。明田汝成《西湖游览志余卷二十·熙朝乐事》："立夏之日，人家各烹新茶，配以诸色细果，馈送亲戚比邻，谓之七家茶。富室竞侈，果皆雕刻，饰以金箔，而香汤名目，若茉莉、林禽、蔷筱、桂蕊、丁檀、苏杏，盛以哥汝瓷瓯，仅供一啜而已。"清潘荣陛《帝京岁时纪胜》："立夏取平时曝晒之米粉春芽，并用糖面煎作各色果叠，往来馈遗。仍将清明柳穿之点，煎作小儿食之，谓曰宜夏。"

小满：酸甜寄语枇杷树

鹊踏枝

燕雀喈喈晨至暮。寂寞幽窗，云转光
不伫。更有浓阴遮望路，酸甜寄语枇杷树。

蚕豆微黄麦穗吐。白昼悠长，轻暖犹
无暑。花若有心应念我，无声谁解随风舞。

窗外鸟雀从早到晚叫个不停，天光云影流转
不息，窗里的人却是寂寞孤独的。小满已至，吃
了一两周的蚕豆，其豆瓣从嫩绿变为微黄，提示
快过季了。枇杷树的枝头却丰盈起来，一个又一
个饱满金黄的果实挤在绿叶<u>丛</u>里。在家里穿一层
薄衣也不嫌凉，只是未能到园子里看花。如果花
朵有心，一定惦记着我，却等不及我的欣赏，或
是兀自随风飘舞了吧，或是悄无声息殒落了吧。

"小满"，有两层含义：一是南方地区雨水丰
盈；二是北方地区小麦开始灌浆、籽粒日渐饱满，
但尚未成熟。元吴澄《月令七十二候集解》："小

129

满，四月中。小满者，物至于此小得盈满。"古人崇尚小满，忌讳大满、太满，因为"物极必反"。《尚书·大禹谟》："满招损，谦受益，时乃天道。"在《周易》六十四卦里，唯有谦卦是六爻皆吉的卦，卦辞为"谦：亨，君子有终"。宋蔡襄《十三日吉祥探花》有一句诗，"花未全开月未圆"，正好可以借用来形容"谦"的状态。

古代写小满的诗，如宋欧阳修《小满》："夜莺啼绿柳，皓月醒长空。最爱垄头麦，迎风笑落红。"宋戴敏《初夏游张园》："乳鸭池塘水浅深，熟梅天气半阴晴。东园载酒西园醉，摘尽枇杷一树金。"元代元淮《小满》："子规声里雨如烟，润逼红绡透客毡。映水黄梅多半老，邻家蚕熟麦秋天。"宋巩丰《晨征》："静观群动亦劳哉，岂独吾为旅食催。鸡唱未圆天已晓，蛙鸣初散雨还来。清和入序殊无暑，小满先时政有雷。酒贱茶饶新而熟，不妨乘兴且徘徊。"明李昌祺《小满日口号》："久晴泥路足风沙，杏子生仁楝谢花。长是江南逢此日，满林烟雨熟枇杷。"清王泰偕《吴门竹枝词·小满》："调剂阴晴作好年，麦寒豆暖两周旋。枇杷黄后杨梅紫，正是农家小满天。"

芒种：有收亦有种

浪淘沙

昨日见天虹，今来开工。晴耕雨读向来同。芒种有收亦有种，莫负东风。

廊下正花红，夏木葱茏。别来无恙略心松。回首青墙留影处，笑意融融。

芒种节气离我的生日最近，这个有播种也有收获的寓意给人以美好的启示。昨天雨后见到了天上的彩虹，今天又是晴空万里。"晴耕雨读"这一说法，体现了传统农耕社会的读书人亦动亦静、乐天知命的修身生活。今天是上海疫情后的第一个复工日，办公室走廊里的盆栽们居然都别来无恙，小楼旁的银杏树依然蓊蓊郁郁，仿佛什么也不曾发生，这些熟悉的景象足以令人宽心。

芒种是一个忙碌的节气，民间也称"忙种"，气温显著升高，空气湿度大，雨量充沛。这一高温多雨的特征，增加了谷物种植的成活率。元吴澄《月令七十二侯集解》："五月节，谓有芒之种谷可稼种矣。"此正是南方种稻与北方收麦之时，稻和麦皆为有芒之谷。

古诗词写到芒种的，如唐元稹《芒种五月节》："芒种看今日，螳螂应节生。彤云高下影，鴳鸟往来声。渌沼莲花放，炎风暑雨情。相逢问蚕麦，幸得称人情。"南宋范成大《梅雨五绝》："乙酉甲申雷雨惊，乘除却贺芒种晴。插秧先插蚤籼稻，少忍数旬蒸米成。"南宋陆游《时雨》："时雨及芒种，四野皆插秧。家家麦饭美，处处菱歌长。老我成惰农，永日付竹床。衰发短不栉，爱此一雨凉。庭木集奇声，架藤发幽香。莺衣湿不去，劝我持一觞。即今幸无事，际海皆农桑；野老固不穷，击壤歌虞唐。"南宋方一夔《田家四事·种》："我生古扬州，田下异粱雍。山田种荒菜，水田种浮葑。地力肥瘦兼，农器有无共。及时撒新谷，抟黍递幽哢。生意日夜长，移秧趁芒种。未嫌豚酒祝，自乐鸡黍供。落日竹枝歌，犹是豳原颂。"

夏至：一路看芳菲

满庭芳

梅子黄熟，昼长至极，扇摇少有停时。乍铺纹簟，稍可度炎期。红处不惟果瓤，颊颈里、痒奇丝丝。应还有，桃黄葡绿，消暑正宜食。

牵牛花粉黛，轻斜栅外，浅笑参差。嫩柔百子莲，紫气相随。憔悴天涯倦客，渐忘却、尘事堆堆。风过也，闲心几点，一路看芳菲。

夏至的天气已经有点热了，待在家里，晚上睡觉须有扇子、凉席加持，蚊子主动来赴热宴。我脸颊上、脖子里的皮肤又红又痒，应该是日光性皮炎发作。桃子、葡萄等虽说都是夏季消暑佳品，我最爱的还是清爽多汁的西瓜。上班路上，邂逅一串粉色牵牛花，藤蔓旋绕着庭院阑干，参差几朵，如美人浅笑。不知何时，道边悄悄栽上了多株清柔雅致的百子莲，花苞如一支支蘸满紫颜料的画笔，紫色是古人眼里的祥瑞。闹市区里，行人车辆川流不息；街旁花草的幽姿倩影，却令人忘却俗世的喧嚣。

夏至这天，太阳直射地面的位置到达一年的最北端，北半球各地的白昼时间达到全年最长。清陈希龄《恪遵宪度》："日北至，日长之至，日影短至，故曰夏至。至者，极也。"气温高、湿度大、雷阵雨，是夏至的天气特点。这时正逢"梅雨"季节，江南梅子黄熟，空气潮湿，阴雨连绵。

古代诗人写到夏至的，如唐韦应物《夏至避暑北池》："昼晷已云极，宵漏自此长。未及施政教，所忧变炎凉。公门日多暇，是月农稍忙。高居念田里，苦热安可当。亭午息群物，独游爱方塘。门闭阴寂寂，城高树苍苍。绿筠尚含粉，圆荷始散芳。于焉洒烦抱，可以对华觞。"唐白居易《和梦得夏至忆苏州呈卢宾客》："忆在苏州日，常谙夏至筵。粽香筒竹嫩，炙脆子鹅鲜。水国多台榭，吴风尚管弦。每家皆有酒，无处不过船。交印君相次，褰帷我在前。此乡俱老矣，东望共依然。洛下麦秋月，江南梅雨天。齐云楼上事，已上十三年。"宋杨万里《夏至後初暑登连天观》："登台长早下台迟，移遍胡床无处移。不是清凉罢挥扇，自缘手倦歇些时。"

夏至有吃冷面的风俗。清潘荣陛《帝京岁时纪胜》："夏至大祀方泽，乃国之大典。京师于是日家家俱食冷淘面，即俗说过水面是也。乃都门之美品。向曾询及各省游历友人，咸以京师之冷淘面爽口适宜，天下无比。谚云：'冬至馄饨夏至面。'京俗无论生辰节候，婚丧喜祭宴享，早饭俱食过水面。省妥爽便，莫此焉甚。"

小暑：目眩迷丹翠

蝶恋花

　　雪颔冰颊栖稚气。短袖凉鞋，每昼吃瓜喜。舌似蝉聒犹未已，中宵蟹坐仍不寐。

　　晨起头晕缘困累。叶影花光，目眩迷丹翠。续吮清泉涤暑意，噙枚酸果容稍憩。

　　小暑的天气已经很热，幼儿园放暑假的小朋友短袖凉鞋，有西瓜可吃，有电视可看，每天在家里晃来晃去，逍遥得很。上了一天班回到家里，晚上本来就容易睡眠不好，还要经常哄娃，更觉身心俱疲，不堪其烦。小朋友在床上时爬、时坐、时躺，唧唧呱呱如蝉聒蛙鸣，直到半夜都不肯好好睡觉，明显是一副精力过剩的样子，弄得我情绪有点小崩溃，但是看到他一脸无辜，又不忍苛责。没睡够的我早早起来，不仅有点困倦，还有点头昏。一出门，感觉天地间犹如蒸笼般热气腾腾。花草树木沐浴在夏日明亮的光线里，一大片花光叶影令我头晕目眩。快点赶到办公室，喝上一杯解暑茶，再含一枚开胃果，缓一缓神，休憩片刻，小暑的炎热可真不是闹着玩的。

小暑这个时节，阳光猛烈，潮湿多雨，通常是盛夏的开端，但还不是一年中最热的时候。元吴澄《月令七十二候集解》："小暑，六月节。《说文》曰：暑，热也。就热之中，分为大小，月初为小，月中为大，今则热气犹小也。"

写小暑的诗，有唐元稹《小暑六月节》："倏忽温风至，因循小暑来。竹喧先觉雨，山暗已闻雷。户牖深青霭，阶庭长绿苔。鹰鹯新习学，蟋蟀莫相催。"清乔远炳《夏日》："薰风愠解引新凉，小暑神清夏日长。断续蝉声传远树，呢喃燕语倚雕梁。眠摊蕉簟千纹滑，座接花茵一院香。雪藕冰桃情自适，无烦珍重碧筒尝。"

大暑：谁怜寸土蒸

闲居（五律）

大暑惟识热，谁怜寸土蒸。
闲云非有意，观火更无声。
神翼三山缈，身贪一盏冰。
或言眠不足，昼寝莫责行。

大暑，人们说得最多的一个字就是"热"。一到户外，感觉浑身都被热辣辣的阳光紧紧包裹住了，整个人就像闷在又热又湿的蒸笼里。还好是周末，可以躲在家里孵空调。顺手拿本书来看，轻盈的神思顿时飘飞天外，但是沉重的肉体还是少不了冰感的抚慰。因为黎明天亮太早，难免缺觉，书又是个催眠物，于是就悄悄做了一回昼寝的宰予，希望不要有孔老师跳出来责骂我是朽木。

大暑节气，正值三伏天里的中伏前后，比小暑更加炎热，是一年中阳光最猛、湿气最重的时节。民间俗语云"小暑大暑，上蒸下煮"，湿热交蒸，于此时到达顶点，其高温潮湿的特点有利于农作物的快速生长。写大暑的诗，有唐元稹《大暑六月中》："大暑三秋近，林钟九夏移。桂轮开子夜，萤火照空时。瓜果邀儒客，菰蒲长墨池。绦纱浑卷上，经史待风吹。"北宋司马光《六月十八日夜大暑》："老柳蜩螗噪，荒庭熠燿流。人情正苦暑，物怎已惊秋。月下濯寒水，风前梳白头。如何夜半客，束带谒公侯。"南宋陆游《苦热》："万瓦鳞鳞若火龙，日车不动汗珠融。无因羽翮氛埃外，坐觉蒸炊釜甑中。石涧寒泉空有梦，冰壶团扇欲无功。余威向晚犹堪畏，浴罢斜阳满野红。"南宋曾几《大暑》："赤日几时过，清风无处寻。经书聊枕籍，瓜李漫浮沉。兰若静复静，茅茨深又深。炎蒸乃如许，那更惜分阴。"元方回《乙未六月大暑》："平分天四序，最苦是炎蒸。在我须无欲，于斯患不能。又应当闵雨，谁识始藏冰。人力回元造，生生实所凭。"

立秋：长夏炎光透牖来

卜算子

假日总贪眠，聊洗平时倦。长夏炎光透牖来，寂寂帘中看。

莫近小阑干，只念游心懒。且啖瓜蔬恣意凉，余事多疏远。

今夏三伏特别热，不时会冒出来40℃的高温天，白日上班，夜晚哄娃，整个人疲惫不堪。可怜天见，一到周末又要做回困倦的宰予，窗外天光大亮，不惜厚着脸皮轻掩窗帘，不拘时长地补了好几觉。浑身慵懒，没精力出去玩，就在家里吃吃瓜果蔬菜，只求悠闲散漫地过个双休日。

立秋处于中伏与末伏之间，天气还在暑热中，但是天气已开始由夏季的多雨湿热向秋季的少雨干燥过渡。立秋至秋分前这时段，又称"长夏"。古代民间在立秋时，有祭祀土地神、庆祝丰收的习俗。《说文解字》："秋，禾谷熟也。"秋天是收获的季节，农作物从繁茂成长趋向成熟萧瑟。明田汝成《西湖游览志余卷二十·熙朝乐事》："立秋之日，男女咸戴楸叶，以应时序，或以石楠红叶剪刻花瓣扑插鬓边，或以秋水吞赤小豆七粒。"

古人写立秋的诗，有唐刘言史《立秋》："兹晨戒流火，商飙早已惊。云天收夏色，木叶动秋声。"唐白居易《立秋日登乐游园》："独行独语曲江头，回马迟迟上乐游。萧飒凉风与衰鬓，谁教计会一时秋。"元稹《立秋七月节》："不期朱夏尽，凉吹暗迎秋。天汉成桥鹊，星娥会玉楼。寒声喧耳外，白露滴林头。一叶惊心绪，如何得不愁。"宋范成大《立秋二绝其一》："三伏熏蒸四大愁，暑中方信此生浮。岁华过半休惆怅，且对西风贺立秋。"宋刘翰《立秋》："乳鸦啼散玉屏空，一枕新凉一扇风。睡起秋声无觅处，满阶梧叶月明中。"宋方岳《立秋》："秋日寻诗独自行，藕花香冷水风情。一凉转觉诗难做，付与梧桐夜雨声。"

处暑：秋后犹嫌暑气稠

减字木兰花

草间无露，露洒额头云鬓处。哪里寻秋，秋后犹嫌暑气稠。

坐行两倦，一动辄劳巾伞扇。难忍杯空，任是单衫犹待风。

处暑是一个很有意思的节气。前几天包括处暑当天，天气还处于40℃高温，"秋老虎"正张牙舞爪地与大地进行最后的热恋。早上看看草地一大片碧青耀眼，晨露是早已蒸发了的。走在炎日下，人们仍然大汗淋漓；坐在室内，空调不能停，有时还需要扇子加持。衣衫是越简单越好，水杯一刻也不能空。处暑过后的第一天，太阳像已耗尽了热情，气温如同过山车一下栽到了27℃，虽然后面几周气温仍有反弹，但毕竟不复见到40℃这样的高温。昼夜温差骤然拉大，白天仍可穿裙子，晚上夜凉已需盖一点被子。

处暑，意即"出暑"，高温将要退场。元吴澄《月令七十二候集解》："七月中，处，止也，暑气至此而止矣。"处暑后，太阳的热力逐渐减弱，酷热难熬的天气进入了尾声，气温大幅下降，日夜温差逐渐增大。

处暑的诗，有唐元稹《咏廿四气诗·处暑七月中》："向来鹰祭鸟，渐觉白藏深。叶下空惊吹，天高不见心。气收禾黍熟，风静草虫吟。缓酌樽中酒，容调膝上琴。"唐陆龟蒙《袭美见题郊居十首其八·因次韵酬之以伸荣谢》："强起披衣坐，徐行处暑天。上阶来斗雀，移树去惊蝉。莫问盐车骏，谁看酱瓿玄。黄金如可化，相近买云泉。"宋吕本中《处暑》："平时遇处暑，庭户有馀凉。乙纪走南国，炎天非故乡。寥寥秋尚远，杳杳夜光长。尚可留连否，年丰粳稻香。"宋张嵲《七月二十四日山中已寒二十九日处暑》："尘世未徂暑，山中今授衣。露蝉声渐咽，秋日景初微。四海犹多壘，余生久息机。漂流空老大，万事与心违。"

白露：草里凝珠光熠熠

清平乐

初秋煦日，凉爽随风入。草里凝珠光熠熠，手指捻来清湿。

犹闻树上鸣蝉，临窗竹簟微寒。诸事低头忙罢，抬头见月还圆。

这是一年中最美好的季节，炎夏已过，寒秋未来，夜晚虽然要在草席上加一层薄被，但是白昼仍然可以美美地裙裾飞扬。若遇冷风身体要缩，若遇热风身体要躲，但现在却是可以全身放在晴风里舒展的惬意感。走出门去，暖阳高照。因为是白露日，所以特意朝路边草地里看了看，居然真有碎钻一样的点点光芒。俯下身，用手指在草间捻了一下，果然是露水，古人诚不我欺。到了晚间，居然还能听到树上的嘶鸣蝉声。等到俗事忙完，已经九点多，抬头看见半空挂着的月亮儿近圆润，离中秋节只剩三天了。

时至白露，白昼阳光尚热，夜晚气温便很快下降，昼夜温差逐渐拉大。天气渐渐转凉，寒生露凝，然而与"寒露"相比，"白露"尚带一点暖意。元吴澄《月令七十二候集解》："白露，八月节。秋属金，金色白，阴气渐重，露凝而白也。"这是秋收的大忙季节，各种农作物已经成熟，准备收获。

很多诗人写到了白露，如唐王昌龄《重别李评事》："莫道秋江离别难，舟船明日是长安。吴姬缓舞留君醉，随意青枫白露寒。"唐李白《金陵城西楼月下吟》："金陵夜寂凉风发，独上高楼望吴越。白云映水摇空城，白露垂珠滴秋月。月下沉吟久不归，古来相接眼中稀。解道澄江净如练，令人长忆谢玄晖。"唐杜甫《白露》："白露团甘子，清晨散马蹄。圃开连石树，船渡入江溪。凭几看鱼乐，回鞭急鸟栖。渐知秋实美，幽径恐多蹊。"唐白居易《南湖晚秋》："八月白露降，湖中水方老。旦夕秋风多，衰荷半倾倒。手攀青枫树，足蹋黄芦草。惨澹老容颜，冷落秋怀抱。有兄在淮楚，有弟在蜀道。万里何时来，烟波白浩浩。"唐元稹《白露八月节》："露沾蔬草白，天气转青高。叶下和秋吹，惊看两鬓毛。养羞因野鸟，为客讶蓬蒿。火急收田种，晨昏莫辞劳。"宋陈与义《秋夜》："中庭淡月照三更，白露洗空河汉明。莫遣西风吹叶尽，却愁无处着秋声。"

秋分：金风倾倒彩妆盘

太常引

金风倾倒彩妆盘，乱染素秋闲。染字
问花笺，乱字在、枝头叶间。

绿阴石畔，涟漪池里，仍可看鱼莲。
桂落舞纷旋，似别有、幽思万千。

秋分时节，风儿闲得发慌，随意地吹来晃去，
仿佛失手打翻了彩妆盘，把花朵和树叶的颜色都
染得五彩斑斓。这段时间生活有点忙乱，但还是
倾注精力，尽量把事情一样样做好。夏季的景致
没那么快全线撤退，石畔仍有绿荫缭绕，池里仍
有涟漪泛起，"莲叶何田田，鱼戏莲叶间"的江南
乐府风悠然呈现。但是昭示季节感的桂花已经忙
不迭地闪亮登场了，香云金屑不时从枝头零落，
像极了我这一天繁忙纷扰的心绪。

秋分，分即为"平分""半"之意，除了指昼
夜等长、阴阳相半之外，此日也恰好位于从立秋

到霜降九十天的中间，有"平分秋色"之意。《春秋繁露·阴阳出入上下篇》："秋分者，阴阳相半也，故昼夜均而寒暑平。"秋分以后，北半球昼短夜长，早晚温差加大，气温逐渐下降。

写秋分的诗，如唐杜甫《晚晴》："返照斜初彻，浮云薄未归。江虹明远饮，峡雨落馀飞。凫雁终高去，熊罴觉自肥。秋分客尚在，竹露夕微微。"唐元稹《秋分八月中》："琴弹南吕调，风色已高清。云散飘飖影，雷收振怒声。乾坤能静肃，寒暑喜均平。忽见新来雁，人心敢不惊？"宋陆游《秋分后顿凄冷有感》："今年秋气早，木落不待黄。蟋蟀当在宇，遽已近我床。况我老当逝，且复小彷徉。岂无一樽酒，亦有书在傍。饮酒读古书，慨然想黄唐。耄矣狂未除，谁能药膏肓。"清全祖望《访秋分得玉溪诗中吹字韵》："吾意正萧瑟，况逢秋半时。谁家临水处，定有拒霜枝。日落烟光淡，风凉衣带吹。东城多野色，病叟亦忘疲。"清屈大均《云门山中作》："悠然拂盘石，独坐对秋分。萝雨静可数，松泉寒不闻。孤怀吐明月，双眼悬高云。兴至莫长啸，恐惊樵牧群。"

寒露：桂明荷暗菊新黄

浣溪沙

露重秋深微夜凉，桂明荷暗菊新黄，
轻宵嚼破小橙香。

已见萱苏何所用？浮生无可问行藏，
眼前事事费思量。

寒露之后，秋更深，露更多，夜晚可以感觉到明显的凉意，需要盖一条薄被才能舒服入睡。池塘里，莲子方结，荷叶已败，李义山一句"留得枯荷听雨声"正当意境。金黄正是秋的颜色，桂和菊都在枝头明亮起来了，还须加上橙子的好气色。白天见过萱草，夜晚依然未能忘忧，可见忧愁太多难以驱除，何必为难萱仙。进退可度仍是奢望，事事都到眼前来，劳心费神，难以破解。

在二十四节气里，"白露"和"寒露"是两个相似的节气。然而不同的是，白露是由炎热向凉爽的过渡，寒露则是由凉爽向寒冷的转折。元吴澄《月令七十二候集解》："九月节，露气寒冷，将凝结也。"寒露以后，露水更多，昼短夜长，热气渐退，寒气渐生；昼暖夜凉，温差较大，白天气爽风凉，夜晚寒意萌生。

写寒露的诗，如唐白居易《池上》："袅袅凉风动，凄凄寒露零。兰衰花始白，荷破叶犹青。独立栖沙鹤，双飞照水萤。若为寥落境，仍值酒初醒。"唐宋之问《初到陆浑山庄》："授衣感穷节，策马凌伊关。归齐逸人趣，日觉秋琴闲。寒露衰北阜，夕阳破东山。浩歌步榛樾，栖鸟随我还。"唐张九龄《晨坐斋中偶而成咏》："寒露洁秋空，遥山纷在瞩。孤顶乍修耸，微云复相续。人兹赏地偏，鸟亦爱林旭。结念凭幽远，抚躬曷羁束。仰霄谢逸翰，临路嗟疲足。徂岁方晼携，归心亟踯躅。休闲倘有素，岂负南山曲。"唐韩翃《鲁中送鲁使君归郑州》："城中金络骑，出饯沈东阳。九月寒露白，六关秋草黄。齐讴听处妙，鲁酒把来香。醉后著鞭去，梅山道路长。"宋陆游《嘉定巳巳立秋得膈上疾近寒露乃小愈》："客疾无根莫浪忧，今朝扫尽不容留。饭囊酒瓮非吾事，只贮千岩万壑秋。"

霜降：无肠公子碗中香

荷叶杯

秋送气寒霜降，蛩响，橘柿荐熟尝。
无肠公子碗中香，针挑蟹膏黄。

兰桂叶尖花底，交替，清趣似联诗。
若无天美慰心脾，何以遣暇时。

霜降，是秋季的最后一个节气，意味着秋天即将结束，冬天就要来临。"蒹葭苍苍，白露为霜"，表明气温骤降、寒意加深。柿子在霜降前后完全成熟。因为古时救饥有功，柿子曾被明太祖封为"凌霜侯"。此时，各类橘橙也纷纷上市，清甜可口。最惹人垂涎的，还要属"无肠公子"大闸蟹，一出蒸锅便鲜香四溢。只因牙齿不便，我只得借助拆蟹工具。没想到无论是挑蟹黄、剪钳子还是夹蟹腿肉，这几件小物竟比人牙还好用，不但使我顺利吃到蟹肉，还能剔肉喂娃，心下颇有点相见恨晚的意思。兰桂簇簇，芳馨满枝，仿佛在与你亲切地拉家常、诉耳语。秋日有如此美景可赏，又有如此美物可食，怎不令人醉乐其间、陶然忘机，真是消磨辰光的好季节。

古代写降霜的诗，如唐刘长卿《九日登李明府北楼》："九日登高望，苍苍远树低。人烟湖草里，山翠县楼西。霜降鸿声切，秋深客思迷。无劳白衣酒，陶令自相携。"唐韦建《泊舟盱眙》："泊舟淮水次，霜降夕流清。夜久潮侵岸，天寒月近城。平沙依雁宿，候馆听鸡鸣。乡国云霄外，谁堪羁旅情。"宋苏轼《南乡子》："霜降水痕收，浅碧鳞鳞露远洲。酒力渐消风力软，飕飕，破帽多情却恋头。佳节若为酬？但把清樽断送秋。万事到头都是梦，休休。明日黄花蝶也愁。"宋陆游《霜降前四日颇寒》："草木初黄落，风云屡阖开。儿童锄麦罢，邻里赛神回。鹰击喜霜近，鹳鸣知雨来。盛衰君勿叹，已有复燃灰。"元王冕《舟中杂纪其十》："老树转斜晖，人家水竹围。露深花气冷，霜降蟹膏肥。沽酒心何壮，看山思欲飞。操舟有吴女，双桨唱新归。"

☆此词为双调荷叶杯，按韦庄体的填词方式，在原来单调小令的基础上每片增四字，以上下片各三平韵为主，错叶两仄韵。

立冬：银杏梧桐大略黄

卜算子

寒叶倚风红，争竞海棠俏。银杏梧桐大略黄，蜂蝶嫌冬早。

竹菊渐疏篱，尚恋秋光老。但恐青青有尽时，足下纤纤草。

立冬，江南天气正如宋周瑞臣《初冬即事》所言，"初冬天气暖，小似立春时"，乍凉还暖，阴晴不定，草木依旧青绿可人。但为了留出一点秋冬的痕迹，梧桐和银杏像商量好了似的，特意让叶子显出半树的金黄色，又在地面铺上一卷又一卷的枯叶。五彩苏的叶子已经红透了，南天竹的叶子像涂了一点胭脂红，好像正与粉嫩嫩的海棠花竞俏争艳。有些青竹已显枯色，野菊有开有落，还有好几只不怕冷的蝴蝶和蜜蜂，正在围着花儿打转转。想想便觉得冬日尚未真正到来，不然晚上何以还在被蚊子咬呢？

以中国传统的"节气法"划分，立冬就是冬季的起始。如按"气温法"划法，则要以"连续5天的日平均气温降至10℃以下"作为冬季的起始。元吴澄《月令七十二候集解》："冬，终也，万物收藏也。"这就是所谓春生、夏长、秋收、冬藏的四季轮转规律。关于立冬的风俗记载，可见于明田汝成《西湖游览志余卷二十·熙朝乐事》："立冬日，以各色香草及菊花、金银花煎汤沐浴，谓之扫疥。"

　　古人写立冬的诗，有唐李白《立冬》："冻笔新诗懒写，寒炉美酒时温。醉看墨花月白，恍疑雪满前村。"唐元稹《立冬十月节》："霜降向人寒，轻冰渌水漫。蟾将纤影出，雁带几行残。田种收藏了，衣裘制造看。野鸡投水日，化蜃不将难。"宋陆游《立冬日作》："室小财容膝，墙低仅及肩。方过授衣月，又遇始裘天。寸积篝炉炭，铢称布被绵。平生师陋巷，随处一欣然。"宋范成大《立冬夜舟中作》："人逐年华老，寒随雨意增。山头望樵火，水底见渔灯。浪影生千叠，沙痕没几棱。峨眉欲还观，须待到晨兴。"

小雪：宿雨淅淅倚枕明

南乡子

黯夜梦频惊，宿雨淅淅倚枕明。帘外空濛尘雾重，忽听，簌簌梧桐落叶声。

湿滑路难行，进退维艰熟歇停。困意萦怀驱冷意，微醒，倦顾两屐泥水青。

昨晚频繁做了些杂梦，半夜惊醒的时候，整个人感觉很疲惫，天尚未亮，闹钟尚未响起。窗外雨声淅淅沥沥，拉开帘子，只见一团空濛白雾，啥也看不清楚。洗漱完毕，吃好早饭，在小区里行走，只听树丛里簌簌一响，原来是梧桐叶子悄然落下。地上多是水洼，路不太好走，想起当年东坡纵步惠州松风亭，足力疲乏时忽然生发"不妨熟歇"的解脱之辞，不免心存羡慕。人生仿佛在轨道上运行的星体，无法摆脱身不由己的宿命，能有一念解脱，便是自由自在值得喜悦的时刻。未有熟睡醒来的那种解乏，只是一味头晕身倦、木知木觉，因而也没感到多少寒意，纵是鞋子上踩到了泥也懒得清理。人有了一点年纪，就像手机经过反复充电，使用时间也越来越少了。午休略解了些乏，下午忙完工作，在下班路上又倦怠了。

小雪，并不表示这个节气下小量的雪，而是喻指此时寒流活跃、降水渐增。元吴澄《月令七十二候集解》："十月中，雨下而为寒气所薄，故凝而为雪。小者未盛之辞。"小雪节气前后是小麦、油菜、蚕豆等作物的苗期，需抓紧时间积肥，除草翻耕，如遇暖冬还需防治虫害。

古人写小雪的诗，有唐张登《小雪日戏题绝句》："甲子徒推小雪天，刺梧犹绿槿花然。融和长养无时歇，却是炎洲雨露偏。"唐陆龟蒙《小雪后书事》："时候频过小雪天，江南寒色未曾偏。枫汀尚忆逢人别，麦陇唯应欠雉眠。更拟结茅临水次，偶因行药到村前。邻翁意绪相安慰，多说明年是稔年。"宋徐铉《和萧郎中小雪日作》："征西府里日西斜，独试新炉自煮茶。篱菊尽来低覆水，塞鸿飞去远连霞。寂寥小雪闲中过，斑驳轻霜鬓上加。算得流年无奈处，莫将诗句祝苍华。"

大雪：无闻雪盈门

眼儿媚

　　大雪无闻雪盈门，暄暖总疑春。轻罗小扇，风栖银杏，遍地奇珍。

　　雀鸣聆罢昏然寐，记事梦难温。芳菲欲暮，胭脂遍洒，乌桕红枫。

　　在上海这样温暖的地方，大雪很少如约而至，一切还是秋天将离未离的模样，甚至带着一点春的温暖。地上金黄的银杏叶，宛如美人头上簪的扇形头饰；满树带露的红枫叶，犹似美人的胭脂泪滴。午后昏昏欲睡，窗外树上的几句雀语，却不经意间勾起了丝丝回忆，令人难以深眠。

　　在黄河中下游地区，大雪节气的特点是降温、下雨或下雪。元吴澄《月令七十二候集解》："大雪，十一月节。大者，盛也。至此而雪盛矣。"这时的积雪可以给冬小麦保温保湿，并冻死土壤表面的虫卵。而在南方地区，气候温和而少雨雪，草木依然葱茏。

　　描写大雪的诗，如唐柳宗元《江雪》："千山鸟飞绝，万径人踪灭。孤舟蓑笠翁，独钓寒江雪。"唐白居易《夜雪》："已讶衾枕冷，复见窗户明。夜深知雪重，时闻折竹声。"唐高骈《对雪》："六出飞花入户时，坐看青竹变琼枝。如今好上高楼望，盖尽人间恶路歧。"唐王维《冬晚对雪忆胡居士家》："寒更传晓箭，清镜览衰颜。隔牖风惊竹，开门雪满山。洒空深巷静，积素广庭闲。借问袁安舍，翛然尚闭关。"古籍中描写赏雪的，如南宋周密《武林旧事》："禁中赏雪，多御明远楼。后苑进大小雪狮儿，并以金铃彩缕为饰，且作雪花、雪灯、雪山之类，及滴酥为花及诸事件，并以金盆盛进，以供赏玩。并造杂煎品味，如春盘饾饤、羊羔儿酒以赐。"

冬至：明朝自此日长天

鹧鸪天

冬至古来大似年，明朝自此日长天。
薄云细照层林染，浆果枝梢疏半寒。

红豆饭，雪汤圆，馄饨汤水碗中鲜。
新烟初火邀茶酒，数九归一春满园。

冬天的日光总是那么单薄，照在一片片颜色单调的树林上，恹恹地没精打采。南天竹的枝头原来是累累的红果，如今已日渐稀疏，像暮年老人的头发。这时候，来一碗赤豆饭，吃几个馄饨，或夹几颗雪汤圆，都会让你全身热乎乎的，重新打起精神来。食物是我们疲惫的生活里最温暖的疗愈师。

冬至是北半球全年中白天最短、黑夜最长的一天，此后白昼渐长、黑夜渐短。我国古代将冬至作为一个天文年度的起算点，测出两次冬至时刻就能得到一年的时间长度。《淮南子·天文训》

【古镜新磨：把生活过成诗】

把冬至列于二十四节气之首。冬至有"数九"的民俗，从冬至起数满八十一天，寒去暖来。清顾禄《清嘉录》："俗从冬至日数起，至九九八十一而寒尽，名曰连冬起九，亦曰九里天。"明代刘侗、于奕正《帝京景物略》："日冬至，画素梅一枝，为瓣八十有一，日染一瓣，瓣尽而九九出，则春深矣，曰九九消寒之图。"

冬至在古代是一个重大节日，曾有"冬至大如年"的说法，还有庆贺冬至的习俗。宋吴自牧《梦粱录》："最是冬至岁节，士庶所重，如馈送节仪，及举杯相庆，祭享宗禋，加于常节。"宋孟元老《东京梦华录》："十一月冬至，京师最重此节。虽至贫者，一年之间，积累假借，至此日更易新衣，备办饮食，享祀先祖，官放关扑，庆祝往来，一如年节。"元马臻《至节即事》诗云："天街晓色瑞烟浓，名纸相传尽贺冬。绣幕家家浑不卷，呼卢笑语自从容。"明代刘侗、于奕正《帝京景物略》："十一月冬至日，百官贺冬毕，吉服三日，具红笺互拜，朱衣交于衢，一如元旦。民间不尔，惟妇制履舄，上其舅姑。"清徐士宏《吴中竹枝词》："相传冬至大如年，贺节纷纷衣帽鲜。毕竟勾吴风俗美，家家幼小拜尊前。"

古代冬至这一天的食俗是煮赤豆粥、吃馄饨、做冬至团。梁代宗懔《荆楚岁时记》："冬至日，量日影，作赤豆粥以禳疫。"清潘荣陛《帝京岁时纪胜》："大馄饨之形有如鸡卵，颇似天地浑沌之象，故于冬至日食之。"清顾禄《清嘉录》："比户磨粉为团，以糖、肉、菜、果、豇豆沙、芦菔等为馅，为祀先祭社之品，并以馈贻，名曰冬至团。"

小寒：疏枝散叶透风悬

鹧鸪天

细雨濛濛织淡烟，疏枝散叶透风悬。
行人来往心神惕，车马如流陌上繁。

衣晾满，总难干，迎窗灯火暮合天。
一锅汤肉香萦室，樱果清粥度小寒。

窗前细雨淅淅沥沥，这是一个潮湿的南方小寒，阳台上的衣服晾了一天也没有干。暮色四合，华灯初上，路上车水马龙，行人络绎不绝。在家里煮一锅热腾腾的肉汤，香气飘满了整个屋子，再添上一些酸甜的樱桃果，配着清粥小菜，胃口顿开。

小寒的特点就是天气极其寒冷，一般是在"二九"到"三九"的时段。小寒在北方地区是一年中最冷的时间，而在南方地区则是大寒更冷。元吴澄《月令七十二候集解》："小寒，十二月节。月初寒尚小，故云。月半则大矣。"

写小寒的诗，如唐元稹《小寒》："小寒连大吕，欢鹊垒新巢。拾食寻河曲，衔紫绕树梢。霜鹰近北首，雏雉隐丛茅。莫怪严凝切，春冬正月交。"宋范成大《窗前木芙蓉》："辛苦孤花破小寒，花心应似客心酸。更凭青女留连得，未作愁红怨绿看。"

大寒：枯枝漫浮水影重

行香子

淡日微空，锦缎花丛，疏篱处、碧竹凉风。寒林岑寂，幽步从容，醉红梅眠，白梅涩，腊梅丰。

澄湖未冻，如酒酽浓，枯枝漫、浮水影重。逐食旋绕，划水萍踪，看鸽毛雪，鹄身墨，雁唇红。

大寒，就是天气寒冷到极致的意思。在浦东世纪公园里，此时仍然有不知名的五彩野花在草地上开放，有碧绿的竹丛在疏篱边摇曳。绕过曲曲幽径，来到梅园，红梅苞正在枝头酣眠，白梅朵睡眼惺松开了几朵，而腊梅花已经满树眉开眼笑。在丛生的枯树旁边，有雪羽的鸽子在屋檐上起起落落；在波光粼粼的湖面上，有黑天鹅划水而行；在泥泞的岸边，有红嘴雁时来啄食。这就是南方公园的大寒天气，依然有温暖的色彩，依然有盎然的生趣。

大寒是二十四节气中的最后一个节气，《授时通考·天时》引《三礼义宗》："大寒为中者，上形于小寒，故谓之大……寒气之逆极，故谓大寒。"在北方地区，小寒节气更冷；但在南方地区，最冷的天是在大寒。大寒过后，节气便又开始一个新的轮回，冬去春来，年味渐浓。

写大寒的古诗，如唐元稹《大寒十二月中》："腊酒自盈樽，金炉兽炭温。大寒宜近火，无事莫开门。冬与春交替，星周月讵存？明朝换新律，梅柳待阳春。"宋邵雍《大寒吟》："旧雪未及消，新雪又拥户。阶前冻银床，檐头冰钟乳。清日无光辉，烈风正号怒。人口各有舌，言语不能吐。"

卷五　四时周变易

　　"万物静观皆自得，四时佳兴与人同。"自然好像一直以我们熟识的方式不知疲倦地循环往复，又好像不时地跳脱于我们的经验之外。四时流转，时而缓慢如蜗牛款步，时而又如迅雷不及掩耳。然则山水有致、草木华滋、鸟雀时鸣，四时之景，无往而不可爱。细品寰宇四时更迭，默观天地春秋代序，记下所观之景与所悟之情，或许是这世间不负万物不负我的两全之计。

穿越年度的一觉

元旦（七绝）

一觉如桥衔两头，
新年已至旧年休。
梦中多少英雄事，
留待青山慢慢收。

从旧年 12 月 31 日的夜晚睡下，醒来照到的已是新年 1 月 1 日的天光，仿佛穿越了时空隧道。那一觉，如同一座时光桥，两头衔接了旧年和新年。我从床上一跃而起，写下了这一年的第一首诗。至于梦里那么多雄心勃勃的事，不妨容我慢慢努力，"留得青山在，不怕没柴烧"，也想向稼秆一样，与青山相看不厌，"我见青山多妩媚，料青山见我应如是"。

元旦，意即初始之日，通常指历法中的首月首日。中国古籍中记载的"元旦"，历来指的是正月一日；而正月的计算方法在汉武帝以前也是很不统一的，因此历代元旦的月、日并不一致。从1949年开始，我国采用了世界通用的公元纪年法，元旦指公历 1 月 1 日，而农历正月一日恰在"立春"节气前后，因此被称为"春节"。

五味扰舌忙

腊日（五古）

每日喝粥度，腊八分外香。

锅添蔬谷豆，五味扰舌忙。

果腹驱寒意，奉年祈瑞祥。

何妨耽琐事，共此饮琼浆。

　　腊八节，即每年农历十二月初八，本是佛教节日，主要习俗是喝腊八粥。明李先芳《腊日》："腊日烟光薄，郊园朔气空。岁登通蜡祭，酒熟醵村翁。积雪连长陌，枯桑起大风。村村闻赛鼓，又了一年中。"

　　腊八这一天，各寺院举行法会，效法佛陀成道前牧女献乳糜的典故，用谷果蔬等煮粥。喝了腊八粥的人，就可得到佛祖的保佑。南宋吴自牧《梦粱录》："此月八日，寺院谓之腊八。大刹等寺，俱设五味粥，名曰腊八粥。"清顾禄《清嘉录》："八日为腊八，居民以菜果入米煮粥，谓之

169

腊八粥。或有馈自僧尼者，名曰佛粥。"清潘荣陛《帝京岁时纪胜》："腊月八日为王侯腊，家家煮果粥。皆于预日拣簸米豆，以百果雕作人物像生花式。三更煮粥成，祀家堂、门灶、陇亩，阖家聚食，馈送亲邻，为腊八粥。"清富察敦崇《燕京岁时记》："腊八粥者，用黄米、白米、江米、小米、菱角米、栗子、红江豆、去皮枣泥等，合水煮熟，外用染红桃仁、杏仁、瓜子、花生、榛穰、松子，及白糖、红糖、琐琐葡萄，以作点染。"

卷银包鼓纳钱财

廿四夜（七绝）

赤豆饭香当鸿运，
卷银包鼓纳钱财。
崇明人过廿四夜，
祭祀灶神盼福来。

　　腊月廿四是民间传统的重大节日，被人们称为南方小年。在这一天，千门万户扫尘除灰，并举行祭灶的习俗，拉开了过大年的序幕。我们崇明人在廿四夜要吃的传统美食是赤豆饭和卷银包。"赤豆饭"是廿四夜饭的主食，把赤豆和白米在一起煮熟即可。赤豆红色属阳，传说具有威慑鬼怪、驱邪避疫的功效。"卷银包"是在面粉里加水以后搅成薄糊，摊在锅里烘熟。食用时，在面饼里包上金瓜丝、豆瓣酥、豆腐、青菜等馅料，卷起来做成长条形。吃了卷银包，家里铜钿银子就会多，这是人们对富裕的一种祈盼。清代乾隆年间旅居崇明的安徽秀才吴澄曾在《瀛洲竹枝词一百首》里写道："预占休咎验蒸糕，麻腐须当着力调。除夕破忙摊麦饼，合家取谶卷银包。"

古籍中也有廿四夜的相关记载。宋吴自牧《梦粱录》："二十四日，不以穷富，皆备蔬食饷豆祀社。此日市间及街坊叫买五色米食、花果、胶牙饧、箕豆，叫声鼎沸。其夜家家以灯照于卧床下，谓之'照虚耗'。"清顾禄《清嘉录》："俗呼腊月二十四夜为念四夜，是夜送灶，谓之送社界。比户以胶牙饧祭祀之，俗称糖元宝。又以米粉裹豆沙馅为饵，名曰谢社团。祭时妇女不得预。先期，僧尼分贻檀越社经，至是填写姓氏，焚化禳灾。篝灯载灶马，穿竹箸作杠，为灶神之轿，异神上天，焚送门外，火光如昼，拨灰中篝盘未烬者，还纳灶中，谓之接元宝。稻草寸断，和青豆，为神秣马具，撒屋顶，俗呼马料豆。以其余食之，眼亮。"

落红无语风无计

鹊踏枝

　　俯瞰长街空似洗。浅浅斜阳，人独危楼倚。来往殷勤惟快递，人车宛若穿梭蚁。

　　尽日恓惶门紧闭。寂寂恹恹，少有迎春意。问道何时消疫事，落红无语风无计。

　　我居住的楼房南临一条狭长的小街，从阳台俯瞰，就可将街上景物尽收眼底。街道是城市肌体的血管，街道上的人车流是城市的血液，往常这条街上总是熙熙攘攘、车来人往。三月疫情来袭，上海居民皆闭门在家，街道上空空荡荡，只有快递员骑着电车如蚂蚁般来回穿梭。我在阳台上迎着缕缕细风，心下忽然涌起一阵感伤。东风一如既往地殷勤，满目是葱茏的绿阴，但这时候有些花朵已经开完凋谢，春光不再那么浓郁了。

枫醉梧黄乌桕彩

秋叶（七绝）

原来青绿挂空中，
才遇秋风便不同。
枫醉梧黄乌桕彩，
心针掌羽鬼神工。

　　原来都是挂在枝头的青绿叶子，心形、针状、掌形、羽状，犹如经过鬼斧神工的淬炼；经秋风这个魔法师一吹，它们便欣欣然打翻了调色盘，各种颜色一起涌来，有醉里酡颜的枫叶，有灿如碎金的梧桐叶……落叶色彩最丰富的要数乌桕叶，不仅每片树叶颜色不同，同一片树叶上也会产生渐变色。把不同颜色的叶子收集、排列起来，可以做成一个好看的渐变彩虹图。

霏霏雨后天虹

相见欢

　　霏霏雨后天虹，映河中，太极两仪翩若落惊鸿。

　　影稍动，逝如梦，太匆匆。偏问世间何处再相逢。

　　昨日白昼，烟雨霏霏。雨过天晴，一道绚烂的彩虹呈在天边，大家在惊叹之余，纷纷摄之入镜。我见到最美的一张照片，是河岸上笼罩着的半轮虹，与河水里映出来的半轮倒影，合起来构成了一个完整的虹环。被整个虹环巧妙地圈在中间的，是岸上长着的一行青树，还有河水映出来的一行倒影。一明一暗，一虚一实，一显一隐，颇有几分类似太极两仪图。看到如此奇幻迷人的自然景象，正在翩翩疾飞的嬉水之鸿，恐怕也惊异得想要驻足一观吧。

　　是太美的景致总不会持久，还是人们格外惋

175

惜流连的时光——越是美丽的景象，如梦一样消逝以后，越给人留下深深的惆怅感和失落感。更令人遗憾的是，世间你所经历的美好事物竟然莫不如此，正合《金刚经》里的那一句偈语"如梦幻泡影，如露亦如电"。但是，很多时候，明明事情再也回不去了，我们还会不甘心地问上一句："什么时候还能再见呢？"

碧艾簪门食粽忙

浣溪沙·端午

碧艾簪门食粽忙，新酽犹带蒲花香。檐头翠雨湿清光。

五月五年初五忆，一声啼叫喜临堂。星河醉卧夜深长。

2021 年端午节，即农历五月初五，是我小儿谦谦的五周岁生日。这三个"五"凑在一起真是巧合至极。五年前的那个端午，夜晚十点，一阵婴儿洪亮的哇哇哭声响彻了整个产科手术室，给我们全家人带来了惊喜。还没有给他正式取名的时候，我们亲切地唤他小粽子。这是端午节最令人难忘的回忆。

端午节，又称端阳节，正值仲夏，气温升高。据闻一多考证，端午的起源是中国古代南方吴越民族举行图腾祭的节日。吃粽子和划龙舟这两大传统习俗，均早于对屈原的纪念。古人在这一天还会挂艾悬蒲、佩戴香囊、饮雄黄酒、斗草采药、挂五毒幡、系长寿线等，这些习俗皆以祛病除灾为主。明谢肇淛《五杂俎》："古人岁时之事，行于今者，独端午为多。竞渡也，作粽也，系五色丝也，饮菖蒲酒也，悬艾也，作艾虎也，佩符也，浴兰汤也，斗草也，采药也，书仪方也；而又以雄黄酒入酒饮之，并喷屋壁床帐，婴儿涂其耳鼻，云以辟蛇虫诸毒。兰汤不可得，则以午时取五色草沸而浴之。至于竞渡，楚蜀为甚，吴闽亦喜为之，云以驱疫，有司禁之不能也。"

吃粽子是端午最具人气的一大习俗。南宋陆游《乙卯重五诗》："重五山村好，榴花忽已繁。粽包分两髻，艾束著危冠。旧俗方储药，羸躯亦点丹。日斜吾事毕，一笑向杯盘。"清吴曼云《九子荷香粽》："裹就连筒米宿春，九子彩缕扎重重。青菰褪尽云肤白，笑说厨娘藕复松。"我们现在市面上的粽子更是花样百出、口味多元，既宜于食用又方便携带，一年四季都深受人们的喜欢。

纤花稽首娇无力

候台风"灿都"（七律）

欲静难息道旁树，飞沙走石灿都风。
纤花稽首娇无力，矢雨撒泼舞半空。
酸乳一瓯滋肺腑，菊花几抿漱茶盅。
因忧偃寒归程远，指若飞花落键中。

"灿都"，英文名 Chanthu，是 2021 年太平洋台风季第 14 个被命名的风暴。此是柬埔寨提供的名字，灿都意为玉簪花。下午五点，台风将至，路边的树木已经摇摆不定，娇弱的花朵在风中垂头丧气，大雨在半空撒泼旋舞，一切都是暴风雨来临的迹象。喝完一盒酸奶，抿过几口菊花茶，快到下班时间了。由于忧心风雨太大，回家路上会不安全，我无意中加大了敲打电脑键盘的力度和速度。

酒有清香弦有温

月明秋（七律）

白露秋池涨藕樽，风云起落不由人。
春阴误索别离句，月满始识顾菟痕。
渐恋轻衾缘夜冷，因拈桂子动枝频。
此情莫道无寻处，酒有清香弦有温。

　　写完此诗的次日即是中秋，月圆月缺是无常，但这无常之变慢慢也成恒常。春日恣意的转首，秋日苍茫的回望，云起云落，时光一路绝尘而去。转季，把铺满一夏的枕簟擦净、收起，换上轻暖的蚕丝小衾，夏的余温已消散在秋的微凉里。浸在花树的清香里，犹疑不定地拈几根桂枝，轻轻晃动，这是在摇头还是在点头。读了这么多古诗还不明白么，故园几度春秋，天涯偃仰倦客，一切的百结愁肠，最终都只能醉倒在舞者的弦歌上、饮者的酒杯里。

年年此夜冰轮转

人月圆·中秋

年年此夜冰轮转，草木露霜稠。流辉树杪，清香桂子，小饼嚼秋。

凉生枕簟，数声儿呓，搅破梦幽。卷帘懒起，肠空如洗，倦意残留。

冰轮微凉，桂子飘香，草木清爽，中秋的天气自带沁人的魅力。现在的月饼不仅颜值超高、味道绝美，连包装盒都成了令人欣赏的艺术品。在这个令人舒适的季节里，还有三岁娃是个甜蜜的负担，日日陪伴，直教人身心憔悴、疲倦不堪。

中秋是我国民间喜闻乐见的节日，有赏月、吃月饼、赏桂花、饮桂花酒、看花灯等传统习俗。在月圆之夜，人们可以寄托怀念故乡、思念亲人之情。明田汝成《西湖游览志》："八月十五日谓之中秋，民间以月饼相遗，取团圆之意。是夕，人家有赏月之燕，或携榼湖船，沿游彻晓。苏堤

181

之上，联袂踏歌，无异白日。"

　　写中秋最经典的词，当仁不让要属苏轼的《水调歌头》。另有佳作，如唐王建《十五夜望月寄杜郎中》："中庭地白树栖鸦，冷露无声湿桂花。今夜月明人尽望，不知秋思落谁家。"唐刘禹锡《八月十五日夜玩月》："天将今夜月，一遍洗寰瀛。暑退九霄净，秋澄万景清。星辰让光彩，风露发晶英。能变人间世，倏然是玉京。"南宋辛弃疾《太常引·建康中秋夜为吕叔潜赋》："一轮秋影转金波。飞镜又重磨。把酒问姮娥。被白发、欺人奈何。乘风好去，长空万里，直下看山河。斫去桂婆娑。人道是，清光更多。"

茄紫柑青豇豆红

秋见（七律）

茄紫柑青豇豆红，瓜蒌柿子挂灯笼。
茑萝星赞书香地，月季瓣随水面风。
虫绿非惟因气暖，花黄岂止在篱东。
平常一样清秋意，田野寻来便不同。

"美厨玩家"工作室是我们访问上海松江区
泖港镇腰泾村的其中一站，五百平米的闲置农舍
被艺术家夫妇改造成美食拍摄地和读书目的地。
从田间一路走过来，茄子发紫，金柑泛青，豇豆
熟红，藤上的瓜蒌和树上的柿子都像灯笼一样，
左一个右一个地挂着，煞是可爱。院子中间竖着
一块牌子，写有"最美读书目的地"字样，旁边
缠绕开放的茑萝花呈五角星形。缸里的清水照
出了空中电线的影子，水面上还飘浮着几片月
季花瓣，虚实相映，自成佳趣。初次看到秋葵
花，五片依次侧叠的黄瓣旋成风车的样子，瓣

心和花蕊均为深紫色，有些茎上已经结出了细长的果实，在叶子上还捉到一条鲜绿色的大肥虫。在大都市里腻久了，便觉得这田野秋色别有一番鲜趣。

梧桐夜半骤凄黄

鹧鸪天·重阳

一阵秋风一阵凉，梧桐夜半骤凄黄。寻常莫忆重阳日，叹老无成枉自伤。

从此惯，任疏狂，消磨鬓影又添霜。菊糕桂酿何辞足，归去来兮携壶浆。

以往总以为重阳节是老年人才过的节日，自头发里添了多根霜丝，才惊觉自己也已踏上衰老之路。秋雨绵绵，梧叶骤黄，都令人感慨年华似水、逝者如斯，恍然如梦、一事无成。还是把菊糕吃起来、把桂酿喝起来吧，"莫思身外无穷事，且尽生前有限杯"。

农历九月初九的重阳节，是中国民间的传统节日。"九"在《易经》中为阳数，"九九"两个阳数相叠，故曰"重阳"，又称"重九"。重阳有赏菊、插茱萸、登高、吃重阳糕等习俗，如今又添祝寿之意。

簪菊花、插茱萸是重阳节的一大风俗。唐王维《九月九日忆山东兄弟》："独在异乡为异客，每逢佳节倍思亲。遥知兄弟登高处，遍插茱萸少一人。"唐杜牧《九日齐山登高》："江涵秋影雁初飞，与客携壶上翠微。尘世难逢开口笑，菊花须插满头归。但将酩酊酬佳节，不用登临恨落晖。古往今来只如此，牛山何必独霑衣。"北宋晏几道《阮郎归》："天边金掌露成霜。云随雁字长。绿杯红袖趁重阳。人情似故乡。兰佩紫，菊簪黄。殷勤理旧狂。欲将沉醉换悲凉。清歌莫断肠。"

重阳节有吃重阳糕的食俗，因为"糕"与"高"同音，寓意步步升高。明田汝成《西湖游览志余卷二十·熙朝乐事》："重九日，人家糜栗粉和糯米伴蜜蒸糕，铺以肉缕，标以彩旗，问遗亲戚。"清杨静亭《都门杂咏·论糕》："中秋才过又重阳，又见花糕各处忙。面夹双层多枣栗，当筵题句傲刘郎。"

流霜空里飞素屑

雪日（古绝）

三九清寒风遍彻，
流霜空里飞素屑。
儿童乐似鸟笼开，
随意轻拂枝上雪。

昨天还是冬季略暖的日子，不料今天一早飘起雪粒，没过一会儿变成雪絮，又如流霜，又如飞屑。想想已经是三九严寒，下雪也不是奇事，只是上海已有好几年没下了。我家小男孩在阳台上兴奋地大叫："堆雪人、滚雪球、打雪仗!"前几天他就向上天许过愿，没想到这么快"应验"了，真是喜不自胜。

孩子们在小区的树丛里疯跑，快活得像刚被放出笼子的小鸟一样。我们穿着羽绒服，戴着帽子，四处看雪景。看到枝叶上的积雪，小男孩轻拂下来放在手心里，大男孩当成盐一样撮下来玩。

由于积雪尚不够多，堆雪人、滚雪球、打雪仗一样都没弄成，但他们在雪丛里钻来钻去，还是玩得兴致勃勃。

☆绝句分为古绝和律绝两种。古绝归于古体诗，可押仄声韵，不用律诗的平仄规则，不讲究粘对，出现于律诗之前。律绝归于近体诗，须押平声韵，依照律诗的平仄规则，讲究粘对。

卷六　闲园养幽姿

"不到园林，怎知春色如许?"
一方幽园，纳千顷之汪洋，收四时
之烂漫；富花木荣枯之诗意，识鸟
兽虫鱼之游兴；造叠山理水之意境，
见林壑台榭之雅致。暗香疏影可以
滋养心性，烟霞泉石可以除尘御俗，
光阴潺湲令人物我两忘。

梅枝点红妆

金海湿地公园（五古）

亮日如剑芒，劈开万道光。
火棘捧艳果，梅枝点红妆。
风吹乌桕树，柳卧白云乡。
静湖揽树影，斑茅经冬黄。
儿童挖沙子，稚子尝春糖。
渐待解余冻，快哉诗酒忙。

2022年立春，正值年假，我们全家去游浦东金桥的金海湿地公园。公园位置比较偏僻，刚走进去面积也看似不大，只见一大群孩子在大人的陪伴下兴致勃勃地挖沙子。我们在公园里越走越深，才发现其实这里很大，查资料发现，它的占地面积居然超过43公顷。

此时的公园里虽然仍呈一片灰黄色，但是已可窥见春季乍来的痕迹。梅花或含苞或怒放，在枯枝丛中显得格外秀美。火棘果红艳艳的，乌桕树清癯寂寥，芦花摇曳起伏，一派别有风味的湿地生态景致。公园歇脚处有货摊在卖麦芽糖做成的糖艺制品，吸引了我家小朋友的注意力，我特意给他挑了一个"春"字糖，让他应了今天的节气食俗——"咬春"。

奇幻美雕塑

静安雕塑公园（五古）

午后适人意，信步雕塑园。

下枕草毡地，上披碧穹天。

水清石可数，竹摇影落渊。

蜂晕香雾里，客醉梅树前。

奇幻美雕塑，形神凝姿妍。

乌鸦立苹果，嬉戏红绿间。

握珠铜双手，镂空映万端。

提琴栖天籁，若聆水潺湲。

虚怀纳新象，身心应俱闲。

没想到在静安区市中心，居然还有 6.5 万平米这么大的雕塑公园，简直觉得有点奢侈了。趁着过年，我们带小朋友一起逛逛。绿地，蓝天，梅树，竹林，石潭，在这样的自然氛围里，雕塑如熠熠闪光的珠玉一样散落其中，有会说话的树、乌鸦立苹果、左耳进右耳出、握珠铜双手、音乐的力量、七彩鹦鹉、月亮湾、永恒之门等，不一而足，美不胜收。雕塑是凝固的诗，是安静的曲。观看一无所知的艺术品，最能考验一个人的文化底蕴和联想能力，所谓"仁者见仁，智者见仁"。因为我们是调用自身的情感和经验来解读作品的，内心越丰富，对艺术品的理解也就越博大。惠能在《坛经》中所说，"成一切相即心""外无一物而能建立，皆是本心生万种法"。由本心而生万相，从理解艺术品的角度来说是恰当的。

回廊寻曲趣

澹园（五律）

澹园久已违，屏上续前缘。
梅树簇花秀，春云带雨寒。
回廊寻曲趣，黛瓦待风闲。
何处寻行迹，重游未若眠。

雨水节气恰好下雨，逢周末就懒得出门了。傍晚时分，忽然在手机上看到了澹园一角在雨水节气中的微视频。初春的雨天尚透着一股寒气，梅树上开满了秀气的花朵，曲折的回廊蜿蜒而前，白墙黛瓦临风而立，整个园林小景显得饶有幽趣。此番景致，勾起了我对往昔的回忆。澹园是我家乡崇明为数不多的仿苏州园林风格的小公园，坐落于城桥镇东门路与北门路交汇之处。门口的园牌"澹园"两个字是历史学家周谷城所题，我们几个小伙伴当年还玩笑说，"澹园"用崇明话念着听起来像"痰盂"，现在想来却不失为一个清逸脱俗的好名字。园子虽小，但是其中的亭台楼榭、回廊长桥、雕梁画栋、飞檐翘角、花木葱茏等特征几乎一应俱全，在我幼小的心灵中第一次植入了苏州园林的概念，后来我去看其他园林时，便一扫全然未知的陌生感。记忆中的澹园，一晃多年未见，如今也只能在梦里神游了。

渺渺云帆浮太湖

木兰花慢·独步鼋头渚

侯清明过了，雪樱老，意阑珊。见游客清疏，鸟虫渐响，花事幽繁。阴天，甚凉称意，远观湖泛渺渺帆船。一寸飞桥疾至，石堤正补半圆。

开轩，似弈楄盘。缸水醒，涨青烟。看照影临波，黑鹄赤喙，翘角飞椽。寻兰，苑门掩闭，怪凋零只剩叶枯笺。回见充山暮色，悦然满载诗还。

无锡鼋头渚正值樱花季时，每天吸引着数以万计的游客。而今清明已过，樱雪落尽，游人骤减。我独步其间，倒也轻松自在，林间鸟虫声格外清亮，花草茂密起来。立于岩上，远望太湖，水面辽阔，烟波浩渺，片片轻帆逐浪而行。万浪桥是一座小巧的贴水石拱桥，把太湖边的长堤连

197

成一个完整的半圆形；在堤桥上漫步，不时有轻涛拍来，令人觉得心也在微微颤动。镂空古典窗像格子棋盘，水缸里的圆荷叶越来越密；在园里临波照影的，不止有湖里娇媚的黑天鹅，还有湖边敞朗的亭台。转了一大圈，造访了聂耳亭、鹿顶山、人杰苑、广福寺、万方楼、七十二峰馆；惟在兰苑吃了闭门羹，不过留个念想也好，以后再补。

晴红叠绿烟

蠡园之一：春影（五古）

四月蠡园茂，晴红叠绿烟。
青瓦漏春影，蠡湖醉塔缘。
荷叶铺碧枕，静候花来眠。
欲识此中趣，崖头问少年。

　　蠡园胜在湖光水色的秀色婀娜，占地一百多亩的大园子显得阔阔落落、大而化之，并不能归为精致的那一类。因为有了春秋战国时期范蠡西施的爱情传说，蠡园被蒙上浪漫的色彩，从而吸引了众多游人的兴致，可见历史人文的积淀很能为景观增色。景点的名字较为古雅，如春秋阁、晴红烟绿榭、凝春塔、绿漪亭、邀鱼轩、映月桥等皆是根据民间传说而取的。只是四月，圆润碧绿的莲叶便已经在池里铺得密密匝匝，仿佛正在恭候朵朵睡莲的到来，蠡园的崖石上还有郭沫若的题咏"欲识蠡园趣，崖头问少年"，看样子，莲叶们早已深谙其中三昧了吧。

五里湖风绕

蠡园之二：五里湖（五古）

遥思吴越事，泛舟起波澜。
五里湖风绕，四季亭水环。
双鹄衣夜锦，悠游云泥间。
功成无所用，共君醉陶然。

泛舟于五里湖，即蠡湖，令人想起两千多年前春秋战国时期那一场波澜壮阔的吴越争霸，于是便免不了要对范大夫功成退隐、后来成为富甲天下的陶朱公那一段传奇故事评头论足。进能扶政、退能致富的范蠡不愧为一代奇才，除了宠辱不惊、淡泊名利，还能广散钱财救济贫民，这是何等的人生境界。这时候，天光云影，花木掩映，清风扑面，水波涌起，两只红嘴黑天鹅适时地出现湖水里，谦逊地颔首优游，就未免被我们移情地当成那一对陶然而醉的春秋鸳侣了。

惠山处处草木幽

惠山之一：爬山记（七古）

谷雨今朝风日柔，惠山处处草木幽。

向下落阶膝乱抖，向上爬坡喘如牛。

久慕诗名访墓去，山抹微云秦少游。

古镇闲步青石巷，白墙黛瓦繁花稠。

壁上长题李绅悯，祠堂还记张载忧。

锺书故地深门闭，无奈只开云上眸。

日夕腹唱空城计，三凤桥中为食谋。

二白鱼虾透骨嫩，满载而归复何求。

这是一篇尝试用古体诗写的游记。此日恰逢谷雨节气，却没下雨也没烈阳，真是个爬山的好天气。草木疏朗有致的惠山，是个清幽闲静的所在。因为久欠强体力运动，所以上坡时我稍微多爬几步，就累得气喘如牛。好容易爬到山顶，下坡时脚落到台阶，膝盖便不听话地胡乱颤抖。在惠山二茅峰南坡，寻访到了据说至今已有九百多年的秦观墓，旁边一块大石上面写就的"山抹微云"，正是这位婉约派大词人的名句。

又转到惠山古镇闲逛，青石铺地，繁花似锦，黛瓦白墙。在祠堂里邂逅了"为天地立心"的横渠先生张载的画像，在露天长廊上读到了悯农诗人李绅的名句"谁知盘中餐，粒粒皆辛苦"。出了惠山，特意去新街巷造访钱锺书故居，可惜大门不开，只得扫了门前的二维码做一次手机神游。傍晚时分，寻到三凤桥的餐店，吃了"太湖三白"中的两白——白水鱼和白虾，终于心满意足地结束了一天的游玩。无锡此地人杰地灵，出了不少名人英才，后来鹂师妹跟我说，你这次可谓是文化名人寻访游。我不好意思地回她，是以前净顾着吃了。

半密半疏蔽日株

惠山之二：木石记（七绝）

半密半疏蔽日株，
边明边暗两仪图。
青苔石染栖息处，
天道幽微探有无。

　　惠山爬到半途，坐在山石上稍事歇息。仰头
一看，路两旁的树木几乎遮蔽了天空。左边的树，
叶子嫩绿而枝头稀疏；右边的树，叶子深绿而枝
头浓密。这两边构成了明暗对比，与太极两仪图
颇有几分相似。俯首一看，山石面上被青苔染绿
了，在峭拔硬朗的线条里平添了茸茸柔意。这天
然形成的绿纹，看似零乱又幽微，仿佛奥妙无穷，
蕴含着我们无法参透的天机。

猗猗绿竹瞻修挺

古猗园之一：青玉案

猗猗绿竹瞻修挺，顺溪径，编春景。
稚子顽皮摇笋劲，又闻蛙叫，惊奇未定，
遥指水深迥。

金鳞眷恋涟漪影，紫蕊轻簪竹篱顶。
不系舟旁荷叶兴。风随石转，亭临水映，
泛赏烟霞胜。

古猗园盛大而清雅的意境，真是完全出乎我之前的意料。此园位于嘉定南翔镇，建于明代嘉靖年间，初名"猗园"，取自诗经《国风·卫风·淇奥》中的诗句"绿竹猗猗"。园内还有一座"不可无竹居"，其名取自苏东坡《于潜僧绿筠轩》中的诗句"可使食无肉，不可居无竹。无肉令人瘦，无竹令人俗"。

修长挺拔、亭亭而立的竹子是古猗园的一大胜景。竹子旁边有半人高的青笋，我家顽皮小儿看到以后开心得不得了，两手抓住笋子，使劲地摇来晃去。一会儿池中有蛙鸣声传来，他惊讶不知何物，于是朝我们所指的深水处看过去。对园子里的景物，他真是处处感到新奇。

印象较深的还有"不系舟"，原为园主的书画舫，这一船型建筑三面临水，游人可以凭栏观赏水中来往悠游的金鱼，水里荷叶也已长了不少，青翠可人。竹枝迎水而立，紫花在竹篱绽放，风随石转，亭映水中，这一番初夏胜境令人迷醉。

幽溪一曲暗琉璃

古猗园之二：竹溪（七绝）

幽溪一曲暗琉璃，
云影天光渐欲迷。
点点竹枝青玉杖，
谁携相与傲啸归。

这不过是古猗园的一处竹溪小景，却也如此清幽闲雅，令人过目不忘。一曲蜿蜒向前的小溪，水面平静光滑，如同一大块暗色琉璃。天与云也为这块琉璃照出了自己的光和影。岸边的竹子犹如一支支清逸出尘的青玉杖，仿佛令人看到竹林之下，风神潇洒的诸贤君子痛饮狂歌、傲啸而归的场景，还有李白的"我本楚狂人，凤歌笑孔丘。手持绿玉杖，朝别黄鹤楼"的那一种肆意酣畅。能够惹人遐思神往，那么这些青竹丛就显得格外有意思了。

银鳞吞吐水生烟

汇龙潭之一：潭（七绝）

初夏轻晴看碧潭，

银鳞吞吐水生烟。

双岩欲近还间断，

留白来邀水里天。

汇龙潭是面积不太大但较为精致的园子，无论漫步到哪里，都能看到好风景。它位于嘉定镇南首，为明代万历十六年所建，自北向南由五条河流汇集而成，状似五龙戏珠，园名便由此而来。最抢眼的景致自然就是这个汇头潭，水中有石雕做成的龙头，喷出水来犹如乱花碎玉洒落潭面，又激起一阵水烟，仿佛有龙正在吞云吐雾。岸边两块探出去但未衔接的岩石，仿佛古画中的留白，这是故意留出一段如平镜般的水面，好让树影天光在里面映出另一个世界吧。

融融落落绿千层

汇龙潭之二：绿（七绝）

融融落落绿千层，
密密幽幽似碧城。
老树虬枝出怪掌，
迎风簌簌与谁鸣。

汇龙潭的绿，仿佛有千百层之多。先不说潭水、苔藓、荷叶和草的绿色，仅仅是树木的绿色，就是一个极其丰富的颜料宝库，有豆绿、碧绿、葱绿、灰绿、墨绿……公园里有一个静谧的角落，密密幽幽地长了很多绿树，但是人迹罕至，犹如神仙之居所。在我的目光落处，恰有几棵老树，虬枝盘旋曲折，好像打着某一种武侠小说里所写的怪掌。微风吹过，叶子簌簌作响，仿佛正在"凡尔赛"：自问所向披靡，孤掌能与谁鸣。

碎石成纹步步莲

汇龙潭之三：莲（七绝）

廉园小径少人喧，

碎石成纹步步莲。

忽见塘头真菡叶，

轻擎翠盖护婵娟。

　　廉园是汇龙潭公园的一处建筑，屋里展示的是在古代官员提倡"两袖清风不贪腐"的廉政文化。屋外小径上，铺地碎石组成了一幅幅莲叶图，我觉得很有趣，就前前后后踩了几回，于是悟到，因"莲"与"廉"谐音，所以做了这些莲叶纹。没过不久，我便看到了真正的莲叶，在一个小池边，睡莲叶子已经铺满了水面，清新而可爱。不多几朵白睡莲已经冒出头来，被叶子们众星捧月般地精心呵护，透着一股"我见犹怜"的古典式娇弱。

小园妙在空灵

柳梢青·集锦

　　空牖含晴，空瓶透秀，空石藏鸣。空栅镶青，空钟流响，空榭积明。

　　小园妙在空灵，似未有、犹如裕盈。人籁箫笙，窍多地籁，天籁无声。

　　雕着花格的窗子，墙上镂透的花瓶纹样，带洞穴的假山，草叶点缀的篱笆栅，空心的大钟，风与光自由穿行的水榭——这些小景本是我在游园时随处拍到的。有一天突发灵感，在诸多照片中发现了它们皆有"空"这个特性，觉得很有意思，就将之组合在一起，并填了此词。

　　老子《道德经》的第十一章提到了"空"之用："三十辐共一毂，当其无，有车之用。埏埴以为器，当其无，有器之用。凿户牖以为室，当其无，有室之用。故有之以为利，无之以为用。"当其无用，是为大用，古典园林这种传统的空间艺术，追求的正是这一种虚实相生的意境。这些园中小景，便颇有一种"空灵"的妙处，看似空无之处，却是滋生光、影、色、声、风的所在，合于现代园林学家陈从周在《说园》的说法："我国古代园林多封闭，以有限面积，造无限空间，故'空灵'二字，为造园之要谛。"

　　"人籁，地籁，天籁"一说，来自庄子的《齐物论》："……子游曰：'地籁则众窍是已，人籁则比竹是已，敢问天籁。'子綦曰：'夫吹万不同，而使其自己也。咸其自取，怒者其谁邪？'"地上的穴窍是有用的，因为是空的，可以被风吹响。人籁是人吹笙箫发出来的声音，地籁是风吹众窍所发出的声音，只有天籁是无声无息、虚无缥缈的，却暗自主宰着一体相通的天地万物。

天高正可秋游去

上海植物园之一：人月圆

　　天高正可秋游去，非热亦非凉。绿萝援墙，凌霄探壁，桂瓦浮香。

　　苍葱小径，竹兰幽舍，九曲回廊。袖襟风满，诗心一点，谁与徜徉。

　　天高气爽，不冷不热，正是秋游的绝佳时机，全家一起漫步上海植物园。高大浓密的桂树长过了屋檐，刻有花纹的瓦当上浮着桂花的甜香。长在高处的绿萝枝条从悬崖一根根垂下去，给灰头土脸的石头添了许多生趣。赤红的凌霄花像个顽皮的孩子，从墙的这边爬上去，又从墙的那边翻下来，把绿藤条及其花朵荡在空中，优哉游哉。走过一条蜿蜒曲折的小径，经过一条雕栏画梁的回廊，通向兰香竹影掩映下的雕镂幽舍。独立屋前悄不作声，风满袖襟澄心涤虑，徜徉于此，令人顿生安闲隐逸之意。

方寸碧峰峦

上海植物园之二：观山水盆景（五古）

丘壑有殊异，怪石别洞天。

嶙峋抖骨气，涟漪起风前。

咫尺堪盈握，方寸碧峰峦。

松竹斜逸兴，苔草意超然。

似看云岚起，如闻鸟鸣欢。

玲珑俱囊括，亦聚佛与仙。

山水听清响，赖君有余闲。

    参观上海植物园的时候，逛到了里面的"盆景园"。以白墙为背景的岩石植物盆景，随手拍下，便是一幅富有山林野趣的卷轴画。在一溜儿"悬崖峭壁"上面，点缀着几簇小叶黄杨；一块平缓如虫形的黄岩上，耸立着一棵苍松；两块形状像大象的石头周围，长满了细密的棕竹……盈盈一握的方寸之间，丘壑错落，怪石嶙峋，松竹苍翠，苔草斑驳，仿佛还有云岚雾气若隐若现，鸟啼虫鸣此起彼伏，仙境佛地也不过如此。此等逍遥的山水景致，也只有心情闲散之人才能领略其美。

　　盆景艺术源远流长，据说河姆渡文化遗址曾经出土了距今七千年历史的五叶纹和三叶纹陶块，上面就刻有盆栽植物的图像。秦汉至魏晋南北朝时期，道教文化的兴起、文人士大夫寄情山水的思想理念，皆促进了盆景文化的形成。唐代李贺写过一首盆景诗《五粒小松歌》："蛇子蛇孙鳞蜿蜿，新香几粒洪崖饭。绿波浸叶满浓光，细束龙髯铰刀剪。主人壁上铺州图，主人堂前多俗儒。月明白露秋泪滴，石笋溪云肯寄书。"现代园林学家陈从周在《说园》写道："盆栽之妙在于小中见大，'栽来小树连盆活，缩得群峰入座青'，乃见巧虑。……盆栽三要：一本，二盆，三架，缺一不可。宜静观，须孤赏。"本指植物本身，盆是容器，架是摆放盆的几架，他认为三者的美观和谐是做好盆景的要义。

问此千年遇

青玉案·上海博物馆

世人不解风霜苦，但见汝、风华露。
锦瑟春秋谁与度？如今还有，尘心几许？
问此千年遇。

鹿尊桃碟呈祥寓，玉玦编钟断俗务。
甲骨天机人欲悟。墨香红篆，青铜绿土，
逗我多来去。

国庆假期，全家参观上海博物馆。琳琅满目
的文物历经千年风霜，终于得以在博物馆栖身，
并且一展绝代风华。唏嘘慨叹之余，真想问一问
它们，当年各有何等际遇，如今又剩尘心几许。
古代陶瓷馆是我偏爱的一个馆，驻足观赏，
不觉良久。古人在器物工艺品的制作上，时刻寄
托着一种福寿安康、富贵喜乐的寓意，吉祥文化
深入民心。一个"雍正过枝八桃五蝠盘"，有粉彩
绘就的八桃和五蝠，桃象征长寿，"蝠"与"福"

谐音，取福寿双全之意。还有一个"乾隆景德镇粉彩百鹿图尊"，绘有百鹿奔跑于青绿山林之间，"鹿"与"禄"谐音，意为祝颂加官进禄；还有形形色色的葫芦瓶，因"葫芦"与"福禄"谐音，又因葫芦多籽，含多子多孙之意，是古代日常陈设的吉祥器物。转到古代玉器馆，看到了玉玦，形如环而有缺口，"玦"与"决"谐音，古人以玉玦来表示决断之意。在古代青铜馆看到了越王剑、邵黛钟，在历代书法馆看到了甲骨文，在历代玺印馆看到了篆刻作品……每个物件都是一个引子，吸引着人们慢慢探寻其背后的独特魅力，仿佛一片片历史在我们眼底重生。

飞瀑如龙似练

水调歌头·十月三日游辰山植物园

晴日碧空影，曲径绕辰山。登临塔顶，时聆钟响请福缘。隐缈翠微深处，飞瀑如龙似练，宛转注青渊。风拭面如水，凉起看波澜。

出幽洞，过桥后，踏草阑。嫣红姹紫，蜂蝶随意落芳鲜。树岸奇岩龟卧，道院仙翁寄迹，相继有灵源。万物皆灵性，回首醉云天。

辰山，因在松郡九峰中列于辰位，故此得名。辰山是少为人知的道教名山胜地，相传有神仙寄迹山中，故又名神山。据嘉庆府志载，此地曾有"十景"，山上的崇真晓钟和山腰的素翁仙冢均在其中。

这一天晴空万里，烈日当头，38℃的高温如同盛夏。海拔约七十米的辰山，我们爬得气喘吁吁。山顶上，五层的辰山塔被树丛掩映着，旁边一口大钟可供游客撞击祈福。下山时，穿过一个绵长的山洞，光线幽暗，凉风习习，渐渐为我们驱散了浑身的热气。步出洞口，豁然开朗，重见天日，热风迎面。矿坑花园瀑布就在不远的地方，飞流直下，像一条小白龙，又像一段银练，从树丛岩石里蜿蜒而下，倾注到绿潭中，掀起一圈圈波澜逶迤而去。我们一边摇摇晃晃地走过浮桥，一边欣赏眼前的飞瀑盛景。

这时节，紫娇花、鼠尾草、柳叶马鞭草、蓝花草等开得满地都是，吸引蜂蝶莺燕纷至沓来，还有一只红蜻蜓在青杆上斜立许久。水生植物园里睡莲朵朵，还有以往徒闻其名的大王莲，如今真实地呈现在眼前，像一个个绿色翘边的超大盘子，在树明湖清的映衬下显得颇为别致。水池里，两只红嘴黑天鹅带着三个宝宝游来游去。溪流里，几块石头极有特色，不仔细瞧，还以为蹲伏着几只大海龟。天地广阔，万物安乐，我亦醉其间。

卷七　欢笑情如旧

　　"少年不识愁滋味"，青春年华，精力弥满，时光充裕，仿佛一切尽可恣意挥霍。"老去光阴速可惊"，发鬓成霜，回首往昔，顿感年光有限、世事无常。很多物、很多事和很多情，在时间里慢慢发酵，变得别有风味。欢笑情如旧，用心若镜明。往日随兴而发之作，尽收此卷。

总聆妙语解彷徨

赠宴群（七律）

七载芳华寒暑忙，几番风雨若寻常。

校园初遇颜温婉，教室时闻翰墨香。

才动弦音知雅意，总聆妙语解彷徨。

若为子期千杯少，应笑伯牙几醉肠。

此诗写于我大学毕业那一年。我跟宴群的同学缘分，从崇明高中同班三年到复旦大学同校四年，青春芳华七年寒暑，结下了此生的深厚友谊，此间情意极少宣之于口，却总默契于心。

与君初相识，犹如故人归。初见宴群，是在进高中之前的军训。上午军训结束，我们两队女生站在食堂的长饭桌两边，要听完校长训示才能坐下吃午餐。我的目光无意间落到对面斜右方的一个女生脸上，她向上翻了翻眼皮，轻轻噘着嘴笑了一下，神情俏皮可爱。这个神态就这样深深地印在我脑海里不可磨灭。

221

没想到不久以后，我们便成为过从甚密的闺蜜。高二务农时，邻床而卧窃窃私语。成绩优异的她被大学提前录取后，她学习之余一有空便写信鼓励我，我终于也如愿以偿跟她继续做校友。多年之后，我俩仍会有同榻而眠、喁喁私语的亲密时刻，醇厚友谊带来了绵延不绝的幸福感。

宴群天姿聪慧、知书达理，性格温婉文静，风度徐徐不躁，做事得体稳妥。虽然我俩是同龄人，但她明显比我在思想上更成熟，在行动上更加积极进取：远见卓识的谈吐，经常给我的心灵带来有益启发；无意中的温言点拨，使我顿觉醍醐灌顶。幸而有她一路知己为伴，才使我在青春这段路上走得顺利，这真是人生幸事，老天厚待我。

此诗自诞生以来，已经数易其稿，奈何诗短情长、言不尽意，添上这段文字聊补心意。

梅子沉瓶粒粒青

酬发小赠青梅酒（古绝）

梅子沉瓶粒粒青，

五花腴嫩咸香盈。

发小殷勤制酒肉，

隔日朵颐携壶倾。

　　青梅竹马，只用来比喻男女之间两小无猜的感情，似乎有点不公，幸好还给我们留了个"发小"的词语，可以用于从小到大在一起的同性玩伴。我这几年才发现，发小不但从小学习成绩特别好，现在厨艺居然也这么棒，不但把面粉玩得团团转，还会做青梅酒和五花咸肉。

　　记得小学四年级，发小转到我所在的北门小学读书，这是我们初识时，她一头天然短卷发，说话音调尖细可爱。当天老师布置的语文作业是每个单词抄三遍，她抄了五遍，得到了老师的夸奖。做了多年老朋友、深谙彼此脾性之后，跟她回忆这段往事，我哈哈一笑说"那次一定是你忘了抄几遍"，她也报以哈哈一笑。

我俩是顽童二人组，放学后一起逛公园、采桑叶；假日里骑自行车去田野里踏青。我俩每周参加两次少年宫写作班，私下里写了一本长篇童话，主角大熊猫"灵鸠"之名，是用我俩名字的拼音胡乱凑出来的；还编了一本"菁莲诗集"，书名也从我俩名字中各挑了个字。据她说，这两个手抄本大部分都是我写的，她只是打酱油的。

大学时，我们相约在上外校园学法语。现在我们有空会去听昆曲、吃美食、逛园子，在微信上聊各种话题。虽然岁月如梭不时在改变，但我们一直相约品尝生活的诸多滋味。如果没有她这个玩伴，我的生命时光一定会黯淡不少。何日当与发小携壶共酌，一杯敬过往，一杯敬未来。

猜尽人间事物奇

谜（双宝塔诗）

谜，

意隐，言迷。

多假借，巧植移。

面翻锦绣，底织细丝。

茶瓯旋雅趣，樽俎握谈资。

会意不必在远，离合皆自缘随。

遍搜今古鬼神语，猜尽人间事物奇。

日月光华 BBS 是大学校园超级火爆的线上平台。当年我在趣味十足的灯谜版玩得津津有味，结识了来自复旦各系的兄弟姐妹，还凭一腔热忱做了几个月的版主，并参与筹办了日月光华站五周年站庆的校园灯谜活动。那是一段难忘的青春年华，青涩单纯，好奇迷惘，无忧无虑。不曾想阔别 20 多年后，光华谜友们还能有缘在微信群里重聚，续上当年之谊，一时恍若隔世，非韦苏州之诗不足以描绘心境，"浮云一别后，流水十年间。欢笑情如旧，萧疏鬓已斑"。藉由对猜谜一知半解的感悟，我写下了这首双宝塔诗，里面嵌了简单常见的灯谜用语，聊博谜友们一笑。

瀛洲一抹美人虹

贺虹姐生辰（七律）

雨霁初晴绚半空，瀛洲一抹美人虹。
瑶台挥袂飞琼梦，玉宇点鬟萼绿风。
腕底生香书锦绣，笔尖著彩理青红。
兰堂桂酒凝秋露，雅韵诗心每岁同。

我的家乡崇明有个美称"东海瀛洲"，我们崇明中学的校友群多如牛毛，其中有个很小众的文艺群叫"六月诗社"，蕙质兰心的才女虹姐是其中的一位优秀诗人。"夏雨秋霜六出花，清风明月一壶茶。听闻诗意此间盛，入社得闲聊百家。"这是她为诗社挥毫写就的嵌名诗，清新脱俗、涵味隽永的诗风可见一斑，如池塘生春草，如清泉石上流。多才多艺的她，还有出色的厨艺、摄影等才能。斯人如彩虹，遇上方知有。这一抹绚丽的虹光为瀛洲增添了如许亮色。

深杯浅盏酿幽芳

木兰花慢

碧云浮小朵，软风摆，绮罗飏。望五柳东篱，深杯浅盏，各酿幽芳。琼浆，幼虫啜饮，小蜗牛在叶上徜徉。敷染鸡冠报晓，抹匀夏堇红妆。

轻装，稚子正忙，挖土砾，垦新荒。向绿树丛里，拈枝扯瓣，鼻嗅馨香。夕阳，晃来晃去，在秋千架上正翱翔。言笑天真烂漫，入迷竟忘辰光。

秋风初来乍到，软绵绵的，仍吹得花儿们脚根发软、裙摆招摇，仿佛马上就要飘起来。菊花很给力，不管到哪里都开上一大片，大小错落，深杯浅盏，比五柳先生的东篱还要热闹，惹得蜂虫纷纷爬上来吸花汁，小蜗牛也愿意来散步。鸡冠花新染了紫红色的头冠，看起来很鲜嫩。夏堇，又叫蓝猪耳，紫红色的花瓣甚小，只可能是乳猪的耳朵。最开心的还要属我家小朋友，他在坑里挖沙子，在草丛里拈花嗅香，在秋千上像钟摆一样荡来荡去，眉开眼笑，天真烂漫。催他回家，总是回我一句："妈妈，让我再玩一会儿好不好？"

托头擎笔笑如倾

浪淘沙·绘春

稚子绘风筝，试探春晴。托头擎笔笑如倾。窗外浓阴如伞盖，遮断芳庭。

涂画彩螺形，浅抹海星。童心意在半空行。放就纸鸢飞远处，拍手欢鸣。

正愁周末没地方去玩，小区里组织儿童画风筝的活动，我给家里的小朋友报了名。窗外，几棵大树浓阴如盖，遮住了窄小的石径。桌上放着一只未上色的风筝，小朋友把拿笔的那只手放在风筝上，另一只手撑着头，脸上笑眯眯的，摆好了拍照的姿势。他潦草地给一只五角海星涂上了咖啡灰色，又把一只海螺涂成了五彩颜色。还没有给其他海底动物上完色，他的心早已飞到了外面。天气不错，我们把风筝放上了天，小朋友乐得直拍手。

玻璃作纸试丹青

浪淘沙·彩绘玻璃杯

午后正秋晴，月桂香倾。玻璃作纸试丹青。叶子银边勾廓线，绿色填平。

落笔乱重轻，彩料新凝。围裙桌布已繁英。眼赏花糕难耐腻，几口即停。

在玻璃上做画，想来是挺有意思的。在一个天气晴暖，月桂飘香的午后，我们携娃参加彩绘玻璃杯的活动。桌上放着一堆玻璃画颜料，还有一些透明玻璃杯。我们选了几个外面凹凸不平的金边玻璃杯，先用细笔蘸了银色颜料，在玻璃杯外面勾出花朵和叶子的轮廓，再让小朋友用笔蘸了红绿颜料分别填入。小朋友画得聚精会神，虽然落笔没个轻重，颜料也涂得不甚均匀，他身上的围裙和面前的桌布早已被弄得五彩斑斓。一个小时以后，等玻璃上的颜料完全凝固，玻璃杯就可以像正常杯子一样随便使用了。茶歇时分，端

231

上来一些美丽逼真的小花蛋糕，小朋友看得眼馋不已，迫不及待地拿到手里，但是只啃了几口就不想吃了，嫌它太甜腻。

乐愁竟日几来回

天仙子

　　谁念在家春复夏，小儿无赖烦不暇。雨晴一日几来回？生气吗，开心吗，情急要将双脚踏。

　　电视手机争占霸，饼屑果汁随意洒。奔来奔去闹无休。绳跳罢，球踢罢，扮老鼠藏桌底下。

　　没想到上海疫情，在家里一待，就从三月到了五月。小朋友整天在家百无聊赖，到处蹦来跳去。脸上像六月天，一霎儿晴一霎儿雨，开心时笑逐颜开，生气时使劲跺脚。一会儿看电视，一会儿看手机，一会儿搭积木；一瞬儿吃饼干，一瞬儿喝果汁，桌上地上狼藉一片；一忽儿弹琴，一忽儿踢球，一忽儿捉迷藏躲在桌底下。整天令人眼花缭乱，没个消停的时候，真是一只调皮不休的小猴子。

陪游喜不辜

少年游

　　每天早起，痴儿一问，今汝有钱乎？小口含嗔，眉峰轻敛，愁予稻梁驱。

　　当今有空辞劳顿，陪伴喜不辜。墙角摇枝，檐头寻瓦，枪水乱喷湖。

　　跟小朋友开了句玩笑，我说上班是因为没钱，等我有钱了才能陪他玩，惹得他每天早起噘着小嘴一问："你今天有钱了吗？"他嗔怪我天天上班，不带他出去玩，哪里晓得大人有很多说不出的苦衷。这个周末秋意正浓，终于有空带他出去，在嘉定秋霞圃一转。他跑到墙角摇树枝，新奇地看着屋檐下的瓦当，还用水枪在湖面上乱喷，玩得不亦乐乎。

潭中忽见一堆雪

鹧鸪天·白天鹅

豆绿橙黄霜叶新，珠帘织就锦烟尘。潭中忽见一堆雪，疑是天边舒卷云。

琉璃脆，碎鱼纹，清流几许掌中分。频将朱笔龙蛇走，学写人间字未真。

无意中看到一个微视频，小景令人沉醉，经久难忘，故作此诗。树枝笼罩在宁静的湖上，黄绿相间的叶子如同缤纷落坠的珠帘，似纱帐，似烟尘，呈现一种梦幻般的朦胧美。一只白天鹅悠闲地游曳其中，仿佛一堆明亮的积雪，仿佛一朵舒卷的白云。湖面像琉璃一样滑脆，湖水像鱼纹般泛着涟漪，清水从天鹅的掌蹼间流淌而过。它还不时地用红喙在水面俏皮地划几下，莫非是在学写人间的字么？

知朱守墨影形怜

黑天鹅（七绝）

低眉颔首自翩跹，
划破清绸觅食欢。
但恐湖冬颜色少，
知朱守墨影形怜。

　　没想到初冬季节，在世纪公园的湖上能见到这么美的黑天鹅，惊喜之余，驻足凝神。天鹅浑身乌黑，鸟喙鲜红，它是唯恐萧瑟的冬季缺乏色彩的点缀吗？这几只红喙黑羽的自然精灵，给清绸般的湖面平添了一份优雅的风韵。只见它们低头弯颈地游来游去，恍若顾影自怜，还不时地用朱喙撩拨水面，如同在跳一支水上轻舞。眼前此景，令人想起了"近朱者赤，近墨者黑"的古语，看到朱墨两种颜色在天鹅身上同时呈现，我就想把老子的"知白守黑"改为"知朱守墨"。

236

形体修成须恣唱

蝉蜕（七律）

肉身业已浮游去，此处惟余旧蜕囊。
翠叶纤肢犹抱树，清汁幼口似吸香。
蛰伏暗土十余载，方享晴空一夏阳。
形体修成须恣唱，为知世事尽空忙。

蝉，是一种深富文化含义的昆虫。因为与禅同音，又有着独特的外形和习性，因此蝉历来被人们视为灵物。"蝉蜕于浊秽，以浮游尘埃之外，不获世之滋垢"，常被用来借喻高洁的品质。古往今来，无数文人墨客以蝉为题托物咏志，如虞世南的《蝉》、骆宾王的《在狱咏蝉》、李商隐的《蝉》。

蝉不以虫为食而是吸吮植物汁液，有似于道家辟谷、不染俗尘的修行。蝉的幼虫需在土中蛰居几年甚至十几年才钻出泥土，近似于禅者长年柔顺隐忍的胸怀。蝉将积蓄多年的生命力爆发于一个夏季，又含一鸣惊人、厚积薄发之寓意。蝉的一生需要经过四五次蜕皮，还令人联想到超脱生死、灵魂不朽的传说。因此，古人对蝉一直有着特殊的偏爱，生前喜佩玉蝉以示高洁，死后愿衔玉蝉以求重生。

因而，倘若你看到树枝上有一只脱去肉身的蝉蜕，依然栩栩如生地保持着抱叶吮汁的姿态，会不会像我一样想多了，然后不由自主地为它写下点什么。

直是缸中灵动花

小鱼（七绝）

信步悠游气自华，
小鳍轻掠翠云纱。
更凝一段霞光秀，
直是缸中灵动花。

　　看到盛姐在鱼缸里养着的小金鱼特别可爱，
两边的鱼鳍轻轻摆动，在绿水草里气定神闲地穿
来游去，便很想报之以微笑。这鱼儿透着一股活
泼灵动的劲儿，像水中的霞光，像缸中的花朵，
遂有了此诗。

一树叶幽开

观画（五绝）

寂寂深山里，
闲云自去来。
漪漪琴曲动，
一树叶幽开。

有一天，舒彦妹给我发来了一张水墨山水画，说是海外朋友的习作，若我有兴趣的话可以帮忙配首诗。画里呈出了一种超然世外的风景。深山空谷，仿佛有白云悠然来去；弹琴亭上，曲波恍如涟漪般一圈圈荡开；一棵野树，忽若张开幽叶凝神倾听。以虚带实，实中有虚，虚实相生，无画处皆成妙境。

丽句清词必不孤

书（双宝塔诗）

书，
墨点，字珠。
案头置，枕上舒。
多识草木，可辨虫鱼。
能阅春秋别，亦看古今殊。
昼似春风拂面，夜如明月照庐。
愿得岁岁常相伴，丽句清词必不孤。

　　不同于其他俗物，书可是一个能够滋养灵魂的物什。虽然只是着落于片片纸上的小墨点，却可如串串珍珠一般矜贵。读自然科学书，可令人多识鸟兽草木之名；读社会科学书，可令人通察古今人性之变。书，往往是一个人集毕生智慧之结晶，或者汇全身灵感之精华，所以能成为人类心灵成长之阶梯。好书可供人们反复阅读，似与春风明月为伴，长人之智，舒人之意，醉人之心。

241

银羽钻凝芒

少年游·珠宝鸽侣

珍珠贝缀，玫瑰金嵌，银羽钻凝芒。仰首情怀，衔食滋味，飞越老时光。

不愁夜雨来相恨，明月照成双。芳景无穷，青春不尽，肩并莫彷徨。

此日在上海当代艺术博物馆看"当诺亚方舟遇到梵克雅宝"的珠宝展。明媚多彩的珍贵宝石，迷人地勾勒出动物王国的灵动姿态；现场持续播放的短片配乐，透出一种神秘莫测的自然力量。这里有昂首对视的红蓝仙鹤，脚踏珍珠雪地的白熊爱侣，背镶红绿宝石的乌龟伴侣，杏红玉石和银钻组合的情侣兔……我最喜欢的要属一对鸽侣，鸽子的头和身是用银亮的钻石做成的，其银色翅膀镶上了深玫色的红钻，尾巴由珍珠贝母制成，嘴里衔着一串红宝石做成的鲜果。这两只鸽子，一只张翅，一只合翅，姿态活泼逼真，令人浮想联翩，遂有了此词。

聊煮新茶赋旧词

采桑子

恼人最是无情月，徒惹相思，
难问归期，夏热秋凉空自知。
试说往事如天远，漏转星移，
红藕香稀，聊煮新茶赋旧词。

有些颇富象征意味的景物，譬如月亮，就像一个闹钟，容易唤起我们内心深处的情感和渴望。试问归期未有期，牵挂令人心苦；平常的日子，如孤鱼饮水，冷暖只自知。很多杳渺往事，倏忽涌上心头；然而物换星移、荷残香敛，幽怀难诉，欲说无因。还是悠悠地煮一壶新茶，缓缓地赋一阕旧体词吧。

后　记

在这个日新月异的时代里，人往往会被太多外事快节奏推着向前，难得空闲照顾一下自己的思绪和情感，品味一下身边的美景美食。所幸有了诗的悄然陪伴，在生活中边看边写，或记录蝇事蜗物，或抒发潜绪幽怀，才使我得以摆脱乱思空虑，找到应对外部世界的积极动力，更是有了创造力的输出口。这一点诗心，犹如一粒珍珠，有着包容万象的温润，有着慰藉心灵的从容，给我带来了诸多乐趣。

寒来暑往，春种秋收，这几年不经意间居然也积下了100多首诗词，于是又"画蛇添足"地为每首配了小文，不奢求相得益彰，但期收一点相映成趣的效果。感谢我的大学同窗兼好友常煜华不惮烦劳为小书写了序，她自己就是写得一手好诗的才女，一位笔耕不辍的资深媒体人。

在此还要感谢上海三联书店的徐建新老师，他是一位敏思笃行的责编，为本书的顺利出版做了很多耐心而细致的工作。感谢本书的美编朱静蔚老师，她是一位相当有创意的设计师，为全书设计费了不少心力。感谢我的好友隋思扬，她是一位颇有灵感的设计师，为封面设计提供了非常棒的想法。同时，本书疏漏之处敬请读者不吝赐教。

【古镜新磨：把生活过成诗】

图书在版编目（CIP）数据

古镜新磨：把生活过成诗/周莲莲著. —上海：上海三联书
店，2024.1

ISBN 978 - 7 - 5426 - 8185 - 0

Ⅰ．①古…　Ⅱ．①周…　Ⅲ．①诗词-作品集-中国-当
代　Ⅳ．①I227

中国国家版本馆 CIP 数据核字（2023）第 143052 号

古镜新磨：把生活过成诗

著　　者／周莲莲

责任编辑／徐建新
装帧设计／未了工作室
监　　制／姚　军
责任校对／王凌霄　张　瑞

出版发行／上海三联书店

　　　　　（200030）中国上海市漕溪北路 331 号 A 座 6 楼
邮　　箱／sdxsanlian@sina.com
邮购电话／021－22895540
印　　刷／上海颛辉印刷厂有限公司

版　　次／2024 年 1 月第 1 版
印　　次／2024 年 1 月第 1 次印刷
开　　本／889 mm×1194 mm　1/32
字　　数／150 千字
印　　张／8.625
书　　号／ISBN 978 - 7 - 5426 - 8185 - 0/I·1822
定　　价／66.00 元

敬启读者，如发现本书有印装质量问题，请与印刷厂联系 021－56152633